사랑의 헛수고

사랑의 헛수고 Love's Labour's Lost

윌리엄 셰익스피어 지음
지유리 옮김

도서출판 **동인**

발간사

    지금까지 셰익스피어 작품에 대한 번역은 끊임없이 다양한 동기에 의해 진행되어 왔다. 초창기 셰익스피어 작품 번역은 일본어 번역을 우리말로 옮기는 작업이었다. 일본이 서구에 대한 수용을 활발한 번역을 통해서 시도하였기 때문에 일본어를 공부한 한국 학자들이 번역을 하는 데 용이했던 까닭이었다. 하지만 이 경우는 문학적인 차원에서 서구 문학의 상징적 존재인 셰익스피어를 문학적으로 소개하는 것이 목적이어서 문어체를 바탕으로 문장의 내포된 의미를 부연하게 되어 매우 복잡하고 부자연스러운 번역이 주조를 이루었던 것이 문제가 되었다.

    그 다음 세대로서 영어에 능숙한 학자들이나 번역가들이 셰익스피어 번역에 참여하게 되었다. 셰익스피어 작품에 대한 수많은 주(note)를 참조하여 문학적 이해와 해석을 곁들인 번역은 작품의 깊이를 파악하는 데 많은 도움이 되었다고 볼 수 있다. 하지만 셰익스피어 작품을 무대에 올리는 배우들에게는 또 다른 문제가 생길 수밖에 없었다. 문학적 해석을 번역에 수용하는 문장은 구어체적인 생동감을 느낄 수 없었고, 호흡이 너무 길어 배우가 대사로 처리하기에 부적합하였다.

이런 문제점을 해결하기 위해서 번역가마다 각자 특별한 효과를 내도록 원서에서 느낄 수 있는 운율적 실험을 실시하기도 하였다. 그런 시도는 셰익스피어 번역에 새로운 분위기를 자아내었을 뿐 아니라 다양한 번역이 이루어져 나름의 의미가 있었다고 본다. 반면에 우리말을 영어식의 운율에 맞추는 식의 인위적 효과를 위해서 실험하는 것은 배우들이 대사 처리하기에 또 다른 부자연성을 느끼게 하였다.

한국에서 셰익스피어를 연구하는 학자들이 모이는 한국셰익스피어학회에서 셰익스피어 탄생 450주년을 기념하여 셰익스피어 전작에 대한 새로운 번역을 시도하기로 하였다. 우선 이번 번역은 셰익스피어 원서를 수준 높게 이해하는 학자들이 배우들의 무대 언어에 알맞은 번역을 한다는 점에서 차별성을 두고자 한다. 또한 신세대 학자들이 대거 참여하여 우리말을 현대적 감각에 맞게 구사하여 번역을 하자는 원칙을 정하였다.

시대가 바뀔 때마다 독자들의 언어가 달라지고 이에 부응하는 번역이 나와야 한다고 본다. 무대 위의 배우들과 현대 독자들의 언어감각에 맞는 번역이란 두 마리 토끼를 잡는 것은 그리 쉬운 일은 아니지만 매우 의미 있는 일일 것이다. 이번 한국 셰익스피어 학회가 공인하는 셰익스피어 전작 번역이 성공적으로 이루어지도록 뒷받침하는 도서출판 동인의 이성모 사장에게 심심한 감사의 뜻을 전하며 인문학의 부재의 시대에 새로운 인문학의 부활을 이루어내는 계기가 되리라 믿는다.

2014년 3월
한국셰익스피어학회 17대 회장 박정근

옮긴이의 글

　"연애의 용사"들이라며 파이팅을 외치는 남자 무리가 있다. 공부에 전념하고 싶고, 단식하며 욕구도 다스리고 싶지만, 그러기엔 너무 젊고 혈기 왕성하다. 그래서 첫눈에 반한 여자들을 향해 똘똘 뭉쳐 용감히 진격을 외친다. 하지만 너무도 젊기에 사랑을 얻는 방법도 서툴다. 이들의 고백에 한껏 들뜬 여자들도 아직은 사랑이 무엇인지 알쏭달쏭하다. 다만 진실한 사랑을 상대와 함께 경험하기를 바랄 뿐이다.

　사랑을 다루는 작품은 이렇듯 시대가 변해도, 문화가 달라도 흥미롭다. 셰익스피어의 『사랑의 헛수고』도 그래서 번역할 수 있었다. 노래, 편지, 분장, 가면, 극중극 등 온갖 연애 방법이 동원되는 가운데, 언어유희를 보태는 주변 인물들까지 더해지니 박장대소하며, 아쉬워하며, 씁쓸해하며 웃고 또 웃었다. 많은 색의 웃음을 띠는 희극이니 자세한 설명은 「작품설명」을 참고하길 바라며, 번역을 하는 내내 힘이 된 사랑하는 가족과 친구, 동료들에게 참 고맙다는 말을 전한다.

지유리

| 차례 |

등장인물[*]

왕	퍼디난드, 나바르 왕
베룬	남자귀족, 왕을 수행
롱가빌	남자귀족, 왕을 수행
듀메인	남자귀족, 왕을 수행
시종들	흑인-무어인 포함, 왕을 수행
공주	프랑스 공주
로잘라인	여자귀족, 공주를 수행
머라이어	여자귀족, 공주를 수행
캐서린	여자귀족, 공주를 수행
보이예트	남자귀족, 공주를 수행
귀족 2명	남자, 공주를 수행
말커디	전령
아르마도	돈 아드리아노 데 아르마도, 스페인 허풍선이
시동	모트, 아르마도의 시동
보안관	안토니 덜, 멍청한 보안관
광대	코스터드
하녀	자크네타
홀로퍼니즈	현학자
나써니얼	보좌신부
산지기	

---

[*] 본 번역은 현존하는 가장 오래된 『사랑의 헛수고』 텍스트인 1598년 사절판을 주 텍스트로 삼았다. 이 제1사절판의 제목은 『즐겁게 고안된 희극, 사랑의 헛수고』이다. 등장인물 목록과 막, 장의 구분이 사절판에는 없으나 편의상 만들었고, 동일 인물을 지칭하는 다양한 지시문(왕, 나바르 등)도 통일하려 하였으나 그대로 따르기도 했다.

1막

1장

나바르[1] 왕 퍼디난드, 베룬, 롱가빌, 듀메인 등장.

왕 살아생전 모두가 사냥하는, 명성이,
청동 묘비에 기록되어 살아가도록 하여,
죽음이란 불명예에도, 명예롭게 하라.
시간이 무엇이든 다 집어삼키려 해도,
5   이 살아 숨 쉴 때의 노력은 사들일 것이다.
날 선 시간의 날을 무디게 만들고,
우리를 영원의 후계자로 만들 명예를.
그러니 용맹한 정복자들, 맞아 그대들,
사사로운 욕구와 세속적 욕심이라는,
10   거대한 군에 맞서 전쟁하고 있으니.
최근 내린 칙령은 강력히 실행되어,
나바르는 세계의 경탄이 될 것이다.
궁은 산다는 예술을 조용히 사색하는,
조그마한 학문의 전당이 될 것이고.
15   거기 세 사람, 베룬, 듀메인, 롱가빌은,
나와 삼 년이란 기간 동안 동거하기로,
나의 동료 학자로서, 여기 이 목록에

---

1. 오늘날의 프랑스와 스페인 사이에 있었던 대서양 인접 왕국(Navarre).

기재된 규약들을 지키기로 맹세했지.
맹세는 하였으니, 이제 서명을 하지.
가장 사소한 조항 하나라도 어기면,   20
자기 손으로 자기 명예를 실추하게 돼.
하겠다는 맹세처럼, 하겠다고 무장하면,
엄숙한 맹세에 서명하고, 그걸 지켜야지.

롱가빌 전 결심했어요, 그저 삼 년 금욕일 뿐이죠.
정신은 배부르겠죠, 육체는 굶어도,   25
기름진 배엔 퍽퍽한 머리고. 진미는
갈비를 살찌우나, 지혜는 도산시키죠.

듀메인 친애하는 전하, 듀메인은 죽었어요,
잡스러운 세상의 천한 노예들에게
세상 쾌락의 잡스러운 수법들은 던지고.   30
사랑, 부귀, 과시, 제가 탐하여 죽는 것,
그 모두가 학문 속에 살아있기를요.

베룬 전 단지 저들의 선언을 되뇌어 보는데,
매우 고귀하신 폐하, 저 맹세했잖아요,
즉, 삼 년 여기서 기거하며 공부하겠다고.   35
그런데 엄한 규칙이 더 있다니요.
가령 그 기간 동안 여자를 만나지 말라,
거기에 진짜 안 적혀 있었으면 합니다.
거기다 일주일에 한 번은 금식하기.
거기다 매일 단 한 끼만 섭취하기.   40

그런 거 거기에 안 적혀 있었으면 합니다.

거기다 밤엔 딱 세 시간만 자기,

거기다 낮엔 눈을 잠시 감아도 안 돼.

전 밤새 푹 자기에 나쁜 생각이 안 들어서,

45   낮의 절반도 어두운 밤으로 삼는데.

거기에 진짜 안 적혀 있었으면 합니다.

오, 소득 없는 과업이에요, 못 지킵니다,

여자 보지 마라, 공부해라, 단식해라, 자지 마라.

왕   맹세를 했지, 이것들을 묻어버리기에는.

50 **베룬**   전 빼주세요, 폐하, 괜찮으시다면은,

전 전하와 공부하겠다고만 맹세했죠.

삼 년이란 기간 동안 궁에 머물면서요.

롱가빌 그거 맹세했고 베룬, 나머지도 했어.

베룬   그야 아니 이보게, 그땐 장난으로 했어.

55   공부의 목적은 뭐죠, 알려주시겠습니까?

왕   공부 안 하면 모르는 것을 아는 것이다.

베룬   일반 상식으론 가려져 있고 막힌 것들 (말씀하시는 건지).

왕   맞아, 그게 공부의 신성한 보상이지.

베룬   그러면, 그렇게 공부하겠다 맹세합니다.

60   제게 허락되지 않은 것들을 알아간다.

가령, 먹는 것을 특별히 금지당했을 때다,

그럼 어디서 잘 먹을 수 있을까 공부한다,

일반 상식으로는 아가씨를 못 찾을 때다,

그럼 어디서 참한 색시를 만나나 공부한다.
아니면 정말 지키기 힘든 맹세를 해놓고,
신의는 지키되, 맹세는 깨는 법 공부하고.
공부의 소득이 이런 거라면, 그리해야죠,
공부는 모르는 것을 아는 거니까요,
이걸 맹세하라면, 절대 마다하지 않아요.

왕   그런 게 공부를 관두게 하는 장애물이고,
지력을 헛된 쾌락에 달구는 장애물이고.

베룬   왜죠? 쾌락은 다 헛되지만, 최고로 헛된 건
고생해 사들였는데, 고생 물려주는 그런,
가령 고생스럽게 책에 몰두해서요,
진실의 빛을 구하려는데, 진실은 말이죠
얄궂게도 그 사람의 시력을 잃게 해요.
빛을 구하는 빛이, 빛의 빛에 기만당하죠.
암흑 속 빛이 어디 있는지 찾기도 전에요,
시력을 잃고 밝던 눈도 어두워져요.
눈을 기쁘게 하는 공부를 하게 해주세요,
눈을 더욱 아름다운 눈에 고정시켜요,
눈부시게 빛나서, 길잡이가 될 거예요,
눈을 멀게 한 빛을 다시 되돌려주죠.
공부는 하늘의 빛나는 태양과 같아서,
불손한 눈으로는 깊이 쳐다보지 못해요.
쉬지 않고 공부하는 자도 얻는 게 적어서,

남의 책에서 얻는 천박한 인용들뿐이죠.

모든 붙박이별들에 이름을 지어주는,

천문 빛에 관한 세상의 대부들도요,

90   그런 거 모르고 다니는 사람과 똑같은,

혜택을 빛나는 밤들로부터 얻어요.

너무 많이 아는 건, 명성만 아는 거죠.

이름은 대부라면 누구나 지을 수 있어요.

왕   얼마나 독서를 잘하면 독서에 반대하고.

95 **듀메인** 전개도 잘해, 좋았던 전개 전부 중단되고.

롱가빌 알갱이는 뽑아버리고 잡초는 그냥 두고.

베룬   초록 거위²가 번식하면 봄이 다가오고.

듀메인 어떻게 연결이 그렇게?

베룬   장소, 때가 맞아.

듀메인 논리상 아무것도 안 맞아.

베룬   운율발 서잖아.

100 **왕**   베룬은 샘이 나서 매서워진 서리 같아,

봄에 처음 나온 새싹을 베어 물어버리는.

베룬   어, 그러면, 건방진 여름은 왜 으스댑니까,

새들이 아직 노래 부를 이유가 없다는?

제가 왜 일찍 나온 꽃에 기뻐해야 하죠?

105   크리스마스에 장미는 필요 없고요,

오월 봄꽃 쇼에 눈이 필요 없는 것처럼요.

---

2. 곡물 대신 풀을 먹는다. 멍청한 무리를 비유하는 문학 전통도 있다.

	전 계절에 맞게 자라는 것이 좋아요.	
	지금은 공부하기에 너무 늦었습니다,	
	작은 문 열려고 집을 타고 오르는 겁니다.	
왕	그러면, 자넨 빠져. 아듀. 베룬 집으로 가.	110
베룬	아뇨 전하, 함께 머물기로 맹세했습니다,	
	그리고 제가 미개해서 전하가 말씀하시는	
	천사 같은 지식보다 말이 더 많았는데,	
	그런데 맹세한 건 지킬 자신이 있고,	
	그리고 삼 년 동안 매일 고행하겠습니다.	115
	서면을 주세요, 같은 거 읽어보겠습니다.	
	가장 엄한 조항에도 제 이름 쓰겠습니다.	
왕	이번 항복으로 망신에서 잘 벗어났다.	
베룬	"하나, 여자는 궁 1마일 내엔 접근 못 한다."	
	이거 선포하셨어요?	120
롱가빌	4일 전에.	
베룬	벌칙을 볼게요, 그 여자의 혀를 자를 것.	
	이 벌 누가 고안했죠?	
롱가빌	저런 내가 했어.	
베룬	자네가 왜, 어?	125
롱가빌	끔찍한 벌로 겁줘서 쫓아버리려는 방법.	
	고상함과는 어긋나는 독한 법.	
	"하나, 삼 년 내에 여자와 이야기하는 자가 목격되면,	
	나머지 궁정 사람들이 고안해낼 수 있는 공개적인	

130 망신을 감수한다."

베룬 이 조항은 폐하, 폐하가 깨뜨리셔야,
잘 알고 계시겠지만 사절단이 오고 있고,
프랑스 왕의 딸과 말씀을 나누셔야.
완벽한 위엄과 기품을 갖춘 처녀하고,

135 늙고, 병들어, 누워 지내는 부왕에게요,
아키텐 지방을 넘기는 것에 대해서요.
그러니 이 조항은 헛되게 마련되었고요,
고명한 공주님이 헛걸음하시는 거예요.

왕 여러분 의견을? 이런, 완전히 잊고 있었다.

140 **베룬** 그래서 공부만 하고 있으면 빗맞습니다,
원하는 걸 얻겠다고 공부하는 동안에요,
해야만 하는 것을 그만 잊어버리고 말죠.
최고로 사냥하던 것을 얻게 된다고 하나,
불타는 마을을 얻은 격, 얻으나 헛일이다.

145 **왕** 이 조항은 강제로 삭제를 해야겠어,
공주는 부득이하게 여기서 자야만 해서.

베룬 부득이하게 삼 년이란 기간 동안에
모두가 삼천 번 맹세를 저버릴 겁니다.
인간은 욕망을 가지고 태어났는데,

150 힘이 아닌, 신의 은총만이 다스립니다.
저도 맹세를 어길 때, 이 말이면 되겠죠,
전 부득이하게 맹세를 저버렸어요.

저는 커다란 법에 서명을 하는 거죠,
그리고 그 법을 조금이라도 어긴 자는요,
영원한 망신을 선고받으려는 거죠.   155
저 외 다른 사람에게도 마찬가지고요.
내키지 않는 것처럼 보여도 전 믿어요,
가장 끝까지 맹세를 지킬 사람은 저예요.
그런데 짧은 유흥이 허락된 건 없나요?

왕   어, 있지, 알겠지만 궁에 꽃단장을 한   160
스페인 여행객이 출몰하고 있는데,
전 세계 최첨단 패션을 이식한 자란.
머릿속엔 신조어 제조기가 들어있는데,
자신의 허황된 혀를 마치 음악이라
혼을 빼놓는 선율이라 황홀해한다는.   165
점잖을 차리는 사람이라 시시비비가
논쟁의 심판관으로 정한 사람이라는.
아르마도라고 불리는 그 몽상가가,
우리가 공부하는 틈틈이 과장되게,
여러 기사들의 진가를 들려줄 거다.   170
전사한 구릿빛 스페인 기사부터네.
경들이 얼마나 즐거워할지 모르겠으나,
그자의 허풍을 듣는 게 난 참 재밌다,
그 사람을 내 음유시인으로 삼으려고.

베룬   아르마도는 최고로 유명 인사입니다,   175

갓 구워진 말의 대가, 패션의 화신입니다.

롱가빌 촌놈 코스터드랑 그자가, 우리 오락거리,

그러면 삼 년 공부하는 것도 짧아지니.

보안관, 편지를 든 [광대]³ 코스터드와 등장.

보안관 어느 분이 전하 본인이신가요?

180 **베룬** 여기 이분, 무슨 일이지?

보안관 제가 바로 전하의 사람을 탄핵하는데, 제가 전하의

보안관이거든요. 그런데 제가 진짜 전하의 육신을

뵙고 싶거든요.

베룬 이분이셔.

185 **보안관** 시네요르 아르므 아르므가 전하길: 외부에 악한 일이

생겼는데, 이 편지가 자세히 말해줄 겁니다.

광대 전하 그 조소⁴ 저를 다루고 있습니다.

왕 대단한 엄청난 아르마도로부터의 편지라.

베룬 아주 저급한 사건도, 고품격으로 표현되었으리라.

190 **롱가빌** 작은 축복에 거는 높은 기대. 신이시여 저희에게 인내를

베룬 듣느냐, 듣지 않느냐.

롱가빌 조용히 듣느냐, 적당히 웃느냐, 아니면 듣지도 웃지도

---

3. 제1사절판엔 없는데 역자가 첨가한 말은 [ ]로 표시했다.

4. "조서"의 착오. 광대 코스터드는 철자법이 틀리거나 말을 혼동하고 혹은 발음을 뭉
뚱그려 어리둥절한 표현을 자아내는 인물이다. 코스터드는 큰 사과 종류인데 머리통
을 속되게 이를 때(대갈통) 쓰던 말이기도 하다.

마느냐.

베룬 뭐, 글의 스타일이 우리를 즐거움에 다다르게 해주는
원인을 제공하느냐의 여부에 따라야죠.

광대 그 내용이 제게는요 나리, 자크네타에 관한 것입니다.
그 수법이 뭐냐면, 제가 그 수법 중에 붙잡혔거든요.

베룬 무슨 수법?

광대 수법과 형식 그러고 이렇게 나리 셋 다요. 수법님⁵ 집에서
자크네타랑 같이 있는 걸 목격당했는데, 그 형식으로 앉아
있었거든요, 그러고서 장원으로 자크네타를 따라갔죠. 다
합치면, 수법과 형식 그러고서가 되죠. 자, 나리, 수법은,
여자에게 말하는 남자의 수법이고요, 형식은 그런
형식이죠.

베룬 그러고서는.

광대 그러고서 제 처벌이 따를 테니까요, 신이시여 권리를
지켜주소서.

왕 이 편지 다들 주목해서 들어보겠는지?

베룬 신탁을 듣듯이 듣겠습니다.

광대 몸뚱어리에만 귀를 기울이니 인간이 죄무지⁶하도다

왕 "위대한 대리 천구게 대행자,⁷ 나바르의 유일한 통치자,

---

5. "수령(守令)님"의 착오. 영어에서 manner(수법)와 manor(수령)는 동음이의어이다.
6. 원문은 sinplicity로 무지함을 의미하는 영어 단어는 simplicity. sin은 죄.
7. 원문은 GReat Deputie the welkis Vizgerent로 대문자 부분을 강하게 표현해도 되
겠다. 첫 글자 "G"는 원문에 두 배 정도 더 크게 적혀 있다. "천구게 대행자"(천국의
대행자)처럼 원문 영어 철자가 틀린 곳은 한글 맞춤법도 틀리게 번역하였다.

영혼이 받드는 지상 신, 육체를 살찌우는 후견인이시여."

광대 코스터드라는 말 아직 안 나왔어요.

왕 "사실인즉"

215 **광대** 사실일 수도 있고요. 하지만 그분이 사실이라고 말하면,
진실을 말하고 있는가. 그건 아니고요.

왕 제발.

광대 제가 무탈하길 비시는 거죠, 싸우지 않으려는 사람들도.

왕 말하지 말라는.

220 **광대** 다른 사람들 비밀을 부디.

왕 "사실인즉 흑색의 우울함에 포위당해, 저는 건강을 주는
전하의 공기라는 최고 명약에 그 검게 누르는 기운을
맡겼습니다. 신사로서, 친히 산책하러 나갔죠. 시간이
언제냐? 여섯 시경, 짐승도 최고로 풀을 뜯고, 새도
225 최고로 모이를 쪼고, 인간도 저녁 만찬이라는 영양을
섭취하고자 앉는 그때. 시간이 언제냐는 여기까지. 자,
현장이 뭐냐? 제가 간 곳이 어디냐면, 소위 전하의
장원입니다. 자, 장소는 어디냐? 어디냐면, 제 백설 같은
펜에서 지금 보고, 읽고, 훑고, 살피고 계시는 시커먼
230 잉크를 끌어낸, 저 더럽고 최고로 급진적인 사건을 마주친
곳입니다. 자, 위치가 어디냐? 전하의 절묘하게 짜인 정원
서쪽 코너에서 동쪽으로 북북동쪽이죠. 거기서 그 천박한
촌놈, 전하께서도 웃으실 그 쪼매난 피라미를 목격한 거죠,
(**광대** 저요?) 그 글도 모르는 무식한 영혼, (**광대** 저요?) 그

천한 종자 (**광대** 또 저요.) 제 기억으론, 코스터드라 하는데,   235
(**광대** 오, 저요.) 전하께서 제정, 선포하신 칙령과 금욕법에
반해 합하고 결합해. 뭐랑 함께, 오, 함께, 하지만 이와 함께
슬프지만 말씀드리자면 뭐로 함께."

광대 계집과 함께.

왕 "우리의 대 조모이신 이브의 자손, 여자와 함께, 전하의   240
자상한 이해를 돕기 위해, 여성이오. 그자를, (평소 중요시
여긴 의무감에 자극받아) 충분한 벌을 받도록, 평판, 명성,
평가가 좋은, 훌륭하신 전하의 관리 안토니 덜에 딸려 보내
드리옵니다."

보안관 접니다, 실례가 아니라면? 제가 안토니 덜[8]입니다.   245

왕 "자크네타는 (소위 더 연약한 그릇[9]이라고 불리죠) 앞서
말씀드린 촌놈과 함께 체포돼, 전하의 법의 분노를 담을
그릇으로 제가 말아두고 있는데, 전하의 훌륭한 지시가
있는 대로, 재판장으로 데려가겠습니다. 충성스럽게 끓어
오르는 의무감의 열기로 가득한 전하의 신하.   250
                               돈 아드리아노 데 아르마도."

베룬 이거 내가 기대했던 것만큼은 아니지만, 지금껏 들은 것
중엔 최곤데.

왕 최곤데, 최악인 걸로. 그런데 자네는 이에 대해 할 말이?

---

8. 둔한, 굼뜬 등의 뜻을 지닌 덜(dull)이라는 영어 단어를 연상시킨다. 보안관은 상대방
   의 말을 이해하지 못하거나 잘못 알아들은 채 말을 이어가는 모습을 종종 보여준다.
9. 남자보다 약한 존재로 여자를 설명하는 성경 구절(베드로 전서 3.7).

255 **광대** 전하 그 계집을 인정합니다.

왕 포고에 대해 들었지?

광대 많이 들었다고 인정은 합니다만, 주의 깊게 듣지는
않았습니다.

왕 계집과 함께 있다 붙잡히면 1년 동안 징역이라고
260 포고되었다.

광대 아무랑은 아니고요, 전하, 어가씨[10]와 함께 잡혔습니다.

왕 그래, 아가씨라고 포고되었다.

광대 아가씨도 아닙니다, 전하, 처녀였습니다.

베룬 그게 그렇게도 돼, 처녀라고도 포고되었다.

265 **광대** 그러면, 처녀란 건 부인하고요. 저는 하녀와 함께
잡혔습니다.

왕 그 하녀도 맞지 않다.

광대 그 하녀는 저랑 맞습니다, 전하.

왕 판결을 선고하지요. 쌀겨와 물만 먹는 일주일 단식에
270 처한다.

광대 차라리 양고기와 죽만 먹고 한 달간 기도하겠습니다.

왕 그리고 돈 아르마도에게 맡길 것이다.
베룬 경은, 이자가 인도되는 것을 보고,
그리고 경들, 우리는 실행에 옮기러 가죠,
275 서로에게 굳게 맹세한 바를 말이죠.

베룬 모자에 제 머리를 걸고 맹세하는데요,[11]

---

10. "아가씨"의 착오.

이 맹세와 법들은 하찮은 웃음거리로 입증될 겁니다.

이봐, 가자고.

광대 진실 때문에 전 고생하네요, 나리. 진실이거든요, 자크네타와
함께 잡힌 것, 자크네타도 진실한 여자고요, 그리하여   280
번창¹²의 쓴잔을 받아들이니, 고쌩¹³도 다시 미소 짓기를,
그때까지 슬픔이여 진정하라.   (모두 퇴장)

---

11. 당시 관용어.
12. "번창"의 맞춤법이 틀린 표현으로 생각할 수 있겠다. 원문은 prosperie.
13. "고생"의 맞춤법이 틀린 표현으로 생각할 수 있겠다. 원문은 affliccio. 일종의 숙어
    적인 표현을 "고생"과 "번창"의 순서를 바꾸어 엉터리로 말하는 대목일 수도 있다.

2장

아르마도와 그의 시동 모트 등장.

아르마도 꼬마야, 위대한 정신을 지닌 인물이 우울해지는 건
무슨 징조일까?

시동 슬퍼 보일 거라는 위대한 징조예요 나리.

아르마도 뭐야? 슬픔이랑 우울함은 같잖아 요 녀석아.

5 **시동** 아니, 아니, 오, 진짜 나리 아니에요.

아르마도 어떻게 슬픔과 우울함을 구분할 수 있어, 여리여리한
꼬맹이가?

시동 그게 작동할 때 흔히 나타나는 모양을 보고서요, 질긴
나으리.

10 **아르마도** 왜 질긴 나으리니? 왜 질긴 나으리니?

시동 왜 여리여리한 꼬맹이예요? 왜 여리여리한 꼬맹이예요?

아르마도 그렇게 말한 건 여리여리한 꼬맹아, 네 어린 나이에
어우러지는 안성맞춤 칭오[14]니까 그렇지, 여리여리하다고
칭할 수 있잖아.

15 **시동** 그러면 저도 질긴 나으리, 많은 나이에 어우러지는
타이틀이라서요, 질기다고 부를 수 있잖아요.

아르마도 제법 그럴싸한데.

---

14. "칭호"의 착오.

시동 무슨 뜻이에요, 나리, 제가 제법이고, 제 말이 그럴싸해요?
아니면 제가 그럴싸하고, 제 말이 제법이에요?

아르마도 쪼그매서 네가 제법이라고.   20

시동 쪼금 제법이다, 쪼그마하니까. 그럴싸한 거는요.

아르마도 그래서 그럴싸하다고, 잽싸니까.

시동 이거 제 칭찬으로 말씀하시는 건가요, 주인님?

아르마도 당연히 칭찬이지.

시동 뱀장어도 뭐 같은 표현으로 칭찬하죠.   25

아르마도 뭐? 뱀장어도 약삭빠르다.

시동 뱀장어는 잽싸다고.

아르마도 대답이 잽싸다고 말해줘야겠네. 내 피를 끓게
하는구먼.

시동 대답을 들었네요, 나리.   30

아르마도 나 씹히는 거 안 좋아해.

시동 반대로 말씀하시네요, 십(十)자가 주인을 안 좋아하죠.

아르마도 내가 전하와 삼 년을 공부하기로 약조해버렸어.

시동 한 시간이면 되겠는데요, 나리.

아르마도 불가능해.   35

시동 1을 세 번 세면 얼마죠?

아르마도 나 셈에 약해, 그런 건 술집 주인에게나 맞아.

시동 주인님은 신사이자 도박사이시잖아요.

아르마도 두 가지는 다 인정해, 두 가지 다 완벽한 남자가
갖추는 빛이지.   40

시동　그럼 주인님은 듀스-에이스의 합이 총 얼마인지 분명히
　　　아시겠네요.

아르마도　2보다 1 많은 거지.

시동　천박한 서민들이 3이라고 부르는 거요.

45　**아르마도**　그렇지.

시동　아, 나리 요런 공부인 거죠? 지금 여기서 눈을 세 번
　　　깜빡이기도 전에 3을 공부했잖아요. 그리고 그 글자
　　　'삼'에다가 '년' 자를 붙이니 얼마나 쉬워요, 두 자로 된
　　　'삼 년'을 공부하는 건데, 곡마단 말도 알 걸요.

50　**아르마도**　최고로 대단한 숫자풀이.

시동　나리는 뻥(0)임을 증명하려고요.

아르마도　이에 내가 고백하는데 내가 사랑에 빠졌어. 군인이
　　　사랑을 하는 건 천박하잖아. 그래서 내가 천박한 계집을
　　　사랑하지. 사랑이란 기운에 대항해서 내 검을 뽑아서, 그
55　타락하는 사념으로부터 날 구원해낼 수 있다면, 욕정을
　　　생포해서, 그것을 풀어주는 대가로 프랑스 귀족의 최신식
　　　기품들을 배우겠는데. 한숨은 경멸하고, 큐피드는 물리쳐야
　　　한다고 생각하는데. 꼬마야 나 좀 위로해 줘, 사랑에
　　　빠졌던 위대한 인물이 누가 있지?

60　**시동**　헤라클레스요, 주인님.

아르마도　최고로 멋진 헤라클레스. 권위 있는 이름들을 더, 꼬마야,
　　　이름들을 더, 훌륭한 평판과 행동거지를 지닌 인물들로,
　　　사랑스러운 아이야.

시동   삼손[15]이요, 주인님. 훌륭한 행동거지를 짊어진, 위대하게
          짊어진 남자였죠. 짐꾼처럼 등에 성문을 짊어졌고   65
          사랑에도 빠졌었죠.

아르마도 오, 체격 좋은 삼손, 뼈마디 건장한 삼손, 내가 그래도
          칼싸움은 낫지, 성문 짊어지기는 삼손이 낫지만. 나도
          사랑에 빠졌어. 삼손은 누굴 사랑했지, 사랑하는 모트?

시동   여자요, 주인님.   70

아르마도 어떤 성격의?

시동   총 네 가지 중에서, 넷 다이거나, 셋이거나, 둘이거나,
          한 가지겠죠.[16]

아르마도 정확하게 어떤 성격을 띠는지 말해주지?

시동   바다 빛 퍼런색을 띠어요, 나리.   75

아르마도 그게 네 가지 중 하나야?

시동   제가 읽은 바로는 그래요, 나리, 가장 나은 거죠.

아르마도 푸른색이 진정 연인들의 색이긴 하지. 그런데 그런
          색채를 사랑한다, 삼손이 그럴 이유가 없는 것 같은데.
          삼손은 분명히 그 여자가 재치 있어서 사랑했어.   80

시동   그랬어요, 나리, 그 여자에겐 푸르스름한 재치가 있었죠.

아르마도 내 연인은 최고로 티 없이 희고 붉어.

---

15. 유대인 장사. 적국의 여인 델릴라에게 넘어가 서약을 어기고 자신의 힘의 원천(머
    리카락)을 누설한 후 힘을 잃는다. 뒤늦은 깨달음과 함께 머리카락이 자라며 온몸
    으로 적국의 신전을 무너뜨린다(사사기 13-16장).
16. 사람의 성격을 피(쾌활), 점액(냉담), 황담즙(분노), 흑담즙(우울), 이 네 가지 색의
    액(液)의 조합으로 여겼다.

시동　최고로 티 묻은 생각들이 주인님, 그런 색 아래 숨겨져
　　　있어요.

85　**아르마도**　밝혀봐, 밝혀봐, 공부 많이 한 아이야.

시동　아버지의 재치, 어머니의 말솜씨여 절 도와주소서.

아르마도　아이의 귀여운 기도, 정말 최고로 애잔하구나.

시동　여자가 흰색과 붉은색으로 만들어지오,
　　　그러면 잘못은 절대 안 드러나는 게.

90　　　부정은 수치로 붉어진 뺨을 낳고,
　　　두려움은 창백한 흰색으로 나타나는데.
　　　그 여자가 비난받거나 두려워해도,
　　　이런 색깔들로 알 수가 없으니,
　　　그 여자의 뺨은 여전히 똑같게도,

95　　　타고난 그대로가 계속 유지되니
　　　희고 붉은 것엔 반대한다는 으스스한 압운시죠, 주인님.

아르마도　꼬마야, 왕과 거지 처녀라는 발라드¹⁷가 있지 않아?

시동　한 삼 세대 동안 그런 발라드로 세상이 불경했는데, 이젠
　　　찾아볼 수 없는 것 같아요. 혹은 있다 해도, 곡조도 별로고

100　　　글감으로도 별로고.

아르마도　그 소재를 내가 새로 쓰도록 해야겠어, 내 일탈의
　　　강력한 선례로 들 수 있게. 꼬마야, 내가 정말 사랑하거든,
　　　그 시골 여자 말이야 영악한 촌뜨기 코스터드랑 장원에
　　　있다가 내게 붙잡힌. 괜찮은 여자야.

---

17. 이야기를 담은 시 혹은 노래.

시동　채찍 맞기 괜찮죠. 하지만 제 주인보다는 낫다고.　

아르마도　꼬마야 노래해다오, 사랑으로 기분이 가라앉네.

시동　거하게 놀랄 일이네요, 가벼운 계집을 사랑하는데.

아르마도　노래하라고 했는데.

시동　저 사람들 지나갈 때까지 참고 계세요.

광대, 보안관, [하녀] 계집 등장.

보안관　나리, 코스터드를 잘 지켜보라는 전하의 뜻이온데,　110
즐거움도 없고, 고행도 없도록 벌을 줘야 하는데, 그런데
일주일에 3일은 단식시켜야 하고. 이 아가씨는 제가 장원에
가두어두고, 소젖 짜는 하녀로 부리라고 하십니다. 그럼
이만.

아르마도　얼굴이 붉어져서 난 분명 들통날 거야. 아가씨.　115

하녀　아저씨.

아르마도　제가 우사를 찾아갈게요.

하녀　근처인데요.

아르마도　어디 있는지 압니다.

하녀　어머, 진짜 똑똑하셔라.　120

아르마도　신기한 것들 얘기해 줄게요.

하녀　그 얼굴로.

아르마도　사랑합니다.

하녀　그 말 들었어요.

아르마도　그러니 부디 안녕히.　125

하녀   좋은 날이 오기를요.

광대   자, 자크네타, 가요.   ([보안관, 하녀] 퇴장)

아르마도 나쁜 놈, 네 죗값으로 단식을 해야지만 풀려날 줄
        알아.

130 **광대**   어, 나리 단식을 할 때는, 배불리 먹은 상태에서 했으면
        좋겠는데요.

아르마도 무거운 벌을 내릴 거다.

광대   제가 나리의 하인들보다 나리께 더 신세 지네요, 나리의
        하인들은 가벼운 보수만 받고 있잖아요.

135 **아르마도** 이 나쁜 놈을 데려가. 가둬버려.

시동   자, 죄지은 노예 이리 와, 가자.

광대   선생님, 갇히지 않게 해주세요, 풀어놓으면 단식할게요.

시동   아니요, 선생님, 절 쥐락펴락하려고 하셨죠. 감옥 가시죠.

광대   이야, 내가 이전의 황폐했던 즐거운 나날들을 다시 보게
140   된다면, 누군 보자고.

시동   누가 뭘 보게 되는데요?

광대   모트 선생님, 아무것도 아니고, 그냥 보는 거요. 말 안
        하고 너무 조용히 있는 건 죄수가 아니죠, 그래서 전
        아무것도 말 안 하려고요. 하느님께 감사하게도 저도
        남들처럼 참을성이 거의 없어서. 입을 다물 수 있거든요.

145   ([시동, 광대] 퇴장)

아르마도 (천박한) 이 땅이 정말 사랑스러운 게 (더 천박한) 그녀의
        신발이 (가장 천박한) 그녀의 발에 이끌려 디디고 지나갔지.

사랑을 하면 다짐을 저버리는 건데 (명백한 부정의 증거가
되는데). 부정하게 시도된 사랑이, 어떻게 진실할 수 있어?
사랑은 악령이야, 사랑은 악마야. 사랑 말고는 악랄한   150
천사도 없잖아, 가만 삼손은 그렇게 유혹당했지만, 힘은
굉장했거든. 솔로몬도 그렇게 넘어갔는데,[18] 지혜는 진짜
대단했어. 큐피드의 짧은 화살은 헤라클레스의 몽둥이보다
강해서, 스페인식 가느다란 칼로는 진짜 승산이 없다니까.
결투의 첫째, 둘째 이유[19]도 다 도움이 안 되고. 큐피드는   155
찌르기 법[20]도 안 지키지, *결투 예절*[21]도 신경 안 쓰지,
꼬마라고 불리는 건 치욕이겠지만, 남자를 굴복시키는
영광이 있거든. 용맹은 아듀, 검은 녹슬고, 북은 침묵하라,
네 관리인은 사랑에 빠졌도다. 네, 그는 사랑합니다. 즉흥시의
신 아무나 절 도와주소서, 저는 시를 써내고야 말겠습니다.   160
재치야 고안해라, 펜아, 써라, 이절판[22] 책 여러 권이다.   (퇴장)

---

18. 솔로몬은 수많은 이교도 여인들을 첩으로 삼았다(열왕기상 11.1-6).
19. 심한 비난, 명예에 관한 것이면 결투를 신청해도 된다는 기사도 원칙.
20. 원문은 *Passado*. 등장인물이 외국어를 사용하는 경우 기울임 꼴로 번역하였다.
21. 원문은 *Duella*.
22. 높이 30cm 이상의 매우 큰 책으로, 서재용 전집 등이 해당된다.

2막

1장

프랑스 공주, 공주를 수행하는 세 명의 여자귀족,
[보이예트를 포함한] 세 명의 남자귀족과 등장.

보이예트 공주님 고귀한 정신을 불러일으키셔서,
부왕께서 누굴 보내셨는지 생각하시죠.
누구에게 보내셨는지, 임무는 무엇인지.
세상 평판 드높으신, 공주님께서 직접,

5 남자가 지닐 수 있는 모든 완벽함을
한 몸에 받은, 대적할 짝 없는 나바르 왕과,
그 못지않게 중요하고, 여왕 혼숫감으로도
손색없는 아키텐 지방을 협상하셔야죠.
모든 매력을 아낌없이 발산하시지요,

10 자연은 고귀하신 공주님을 만들 때,
다른 일반인들에겐 인색하게 굴면서도,
공주님께는 아낌없이 매력을 주었습니다.

공주 보이예트 경, 제 미모 그냥 그러니까,
채색된 미사여구 칭찬 필요 없어요.

15 아름다움은 눈이 판단해서 사 가지,
혀의 천박한 판촉으로 팔리지 않죠.
제 가치를 말씀하시는 걸 듣는 것보다,

경이 그 재치를 제 칭찬에 사용하셔서,

현명하다 인정받으시려는 게 낫다는.

자, 임무 주신 분께 임무 드려야죠,   20

모두 떠드는 명성 얘기는 아실 테고

나바르 왕이 맹세해서 밖에서도 시끄러운,

고달픈 공부로 3년이 닳기 전에는,

조용한 궁에 여자는 접근 못 한다.

따라서 필요한 과정으로 보이네요,   25

금단의 문으로 들어가기에 앞서서,

왕의 뜻을 아는 것, 그리고 그 일에는

경의 가치를 확신하므로, 이에 경을,

설득력 최고의 대변인으로 발탁합니다.

가서 전해주세요, 프랑스 왕의 딸이   30

시급한 처리가 필요한 중대한 일로,

전하와 개인 회담을 간곡히 요청한다고.

서두르세요, 잘 전하시고요, 겸손한

청원자 얼굴로 왕의 뜻을 기다리겠다는.

보이예트 임무를 자랑삼고, 기꺼이 가겠나이다.   (퇴장) 35

공주 자부심은 금지로부터, 경의 자부심도.

친애하는 여러분, 그 신봉자들은 누굴까요, 이 고결하신

왕과 맹세를 같이한?

귀족 한 명은 롱가빌입니다.

공주   그분 아세요?

40 **머라이어** 제가 알아요, 공주님, 페리고르 경과

자크 포콘브리지의 아름다운 상속녀가

맺어지는 결혼식 피로연이었어요.

노르망디에서였는데 제가 그분을 봤어요,

능력이 탁월한 남자라고 호평받네요.

45 학문도 갖췄고, 무예도 명망이 높고.

잘하는 건 아무것도 흠을 내질 못하죠.

훌륭한 광채의 유일한 얼룩은, 물론

광채가 얼룩으로 더러워진다면요,

예리한 재치의 짝이 무딘 마음이다.

50 예리한 날이 원하는 건 다 베는 힘을 가져,

그 힘에 걸려들면, 남아나는 게 없다는.

공주 장난스레 잘 비꼬는 귀족인 듯, 그렇지?

머라이어 그분 기질을 잘 아는 사람들은, 그렇다고.

공주 그렇게 짧은 재치는 자라면서 시들지.

55 나머지는 누구지?

캐서린 앳된 듀메인이요, 꽤 세련된 청년인데,

인품 중의 인품이라며, 사랑받고 있어요.

최고로 짓궂을 수는 있어도, 악의는 없고.

재치가 있어 못난 형상도 좋게 만들고,

60 재치가 없다 쳐도 호감 사는 형상이고요.

알랑소 공작님 댁에서 한 번 봤는데,

그분의 드높은 가치에 대한 저의 보고는,

제가 본 좋은 점들의 극히 일부라는.

로잘라인 그 자리에 왕과 같이하는 학생이 또

있었는데, 제가 들은 게 맞았다면요.   65

베룬이라고 부르던데, 장난기가 더 많은,

전 한 번도 그렇게 유쾌함 속에 머물면서,

한 시간 내내 대화를 한 적이 없어요.

그 눈이 그 재치의 기회를 포착하는데,

그 한쪽 눈에 잡힌 모든 대상에 대해,   70

다른 쪽 눈이 유쾌한 장난을 만들어내요.

훌륭한 혀가 (기발한 비유의 해설자로)

근사하고 우아한 단어들을 뱉어내서,

나이 든 귀도 그 사람 얘기엔 손을 놓고.

젊은 청취자들도 정말 빠져든다니까요.   75

어찌나 언변이 달콤하고 유창한지.

공주 세상에, 저들 모두가 사랑에 빠진 건지?

전부가 자신의 사랑을 치장해대니,

저렇게 칭찬으로 꾸며진 장식들로 말이지.

귀족 보이예트 경입니다.

보이예트 등장.

공주   출입 허가는요?   80

보이예트 나바르 왕은 공주님 도착을 알고 계셨고,

제가 가기도 전에 맹세를 같이한 동지들과,

점잖으신 공주님을 뵐 준비가 되어
있었습니다. 하여 많이 알아 왔지요.
85 공주님이 궁을 포위하러 온 사람인 양,
공주님을 야외에 묵게 할 작정입니다,
그런 후에 맹세의 면죄부를 찾아보겠다.
빈 궁에 공주님을 들어오게 하기 위해서요.

나바르 [왕]. 롱가빌. 듀메인. 베룬 등장.

보이예트 나바르 왕이십니다.

90 **왕** 아름다우신 공주님, 나바르 궁에 오신 걸 환영합니다.

공주 아름다우신 다시 돌려드리고요, 환영 저 아직 못 받았어요.

이 궁은 천장이 너무 높아 전하의 궁은 아닐 테고, 휑한

야외에서 환영이라니 제 궁이라기엔 너무 낮잖아요.

왕 제 궁을 찾아주신 공주님을 환영합니다.

95 **공주** 그럼 환영받겠어요, 궁으로 안내하시죠.

왕 고귀하신 공주님, 제가 맹세를 했습니다.

공주 왕을 도우소서. 맹세 저버리신답니다.

왕 제 의지에 따르므로, 절대 아닙니다.

공주 의지만이 의지를 깰지니, 다른 건 안 되고.

100 **왕** 그것이 무엇인지 모르고 계십니다.

공주 그럼, 전하께서 모르시는 게 현명한 거,

이제 아는 게 모르는 걸로 판명되어야 하니.

아무도 안 들인다고 맹세하셨다고요.

전하, 그 맹세를 지키는 건 대죄이고,
깨는 것도 죄이지요. 죄송합니다, 너무 바로, 105
학자를 가르치려 들다니 경솔했네요.
부디 저의 방문 목적을 읽어보시고,
제 청원에 조속한 결정을 내려주시길.

왕 그러겠습니다, 바로 가능한 것이면.

공주 빠르실수록 저도 빨리 물러나겠죠, 110
절 머물게 하시면 맹세를 깨게 되겠죠.

베룬 브라반트에서 같이 춤추지 않았나요?

로잘라인 브라반트에서 같이 춤추지 않았나요?

베룬 추셨다는 거 알고 있어요.

로잘라인 그런데 그런 불필요한 질문을 하시다니? 115

베룬 쏘아붙이시진 마시고.

로잘라인 그런 질문으로 먼저 자극하셨잖아요.

베룬 말재간이 너무 뜨겁고, 빨라서, 지칠걸요.

로잘라인 기수가 진흙탕에 빠지기 전까진 괜찮아요.

베룬 지금 몇 시죠? 120

로잘라인 바보들이 묻는 시간이죠.

베룬 이제 가면에 행운이 들길요.

로잘라인 가면 뒤 얼굴에 행운이 들길요.

베룬 애인이 많이 생기시길요.

로잘라인 아멘, 그러나 당신은 아니시길요. 125

베룬 아니, 그렇다면 저는 가겠습니다요.

왕 공주님, 부왕께서 여기 말씀하시길,
십만 크라운을 지불하셨다고 하는데,
그건 제 아버님이 프랑스 전쟁에 주신
130 총금액의, 절반밖에 되지 않습니다.
아버님이나, 저나, 둘 다 그 돈을
받은 적이 없고, 그렇다고 해도 아직
십만 크라운이 더 남아있다는, 그래서
그 담보로, 그만한 가치는 안 되지만,
135 아키텐 일부가 나바르에 속해 있고요.
그러니 부왕께서 빚을 지고 계시는,
금액의 절반이라도 돌려주신다고 하시면,
나바르의 아키텐에 대한 권리를 접고,
귀국과의 우의를 돈독히 하고자 하나,
140 부왕의 의사는 그렇지 않으신 것 같으니.
아키텐에 프랑스 이름을 걸기 위해서,
십만 크라운을, 갚았다고만 하셨지
십만 크라운을 더 지불하시겠다는,
그런 말씀은 하고 계시지 않습니다.
145 아키텐은, 주요 부분도 거세되었으니.
아키텐에서는 철수하고 싶습니다.
제 아버님이 빌려드린 돈을 받고요.
친애하는 공주님, 이치를 너무 벗어난
부왕의 청만 아니었다면, 아름다우신

공주께서는 제 가슴 속 이치에는 반하는   150
성과에 만족하시며 귀국하셨을 겁니다.

공주 제 아버지를 너무 모욕하시는데요,
전하 자신의 평판도 모욕하시고요,
정말이지 정확하게 지급된 돈에 대해서,
수령을 인정하려 하지 않으시다니요.   155

왕 결코 그 돈에 대해 들어본 적이 없습니다.
증명해주시면, 그 돈을 반환하거나,
아키텐을 양도하겠습니다.

공주   말씀 붙들죠.
보이예트 경, 저 금액의 영수증을
제시할 수 있으시지요, 전하의 부친이신   160
찰스 왕의 관리들에게 받은.

왕   그래 주시죠.

보이예트 죄송하오나 짐이 도착하지 않았습니다.
그 영수증과 중요 문서들이 들어있는데,
내일 보실 수 있으실 것 같습니다.

왕 좋습니다. 그걸 보고 난 다음에는,   165
정중히 이치에 맞게 양도하겠습니다.
그동안엔 제 환영을 받고 계시지요,
공주님의 진정한 가치에 맞는 명예가,
(명예에 흠집 없이) 제공될 것입니다.
궁엔 (아름다우신 공주님) 못 들어오셔도,   170

저의 이 마음속에 머무시는 것처럼,

공주님께서 여기실 수 있도록 하겠습니다.

제 거처에서 온당한 정박을 못 하시지만,

너그러운 생각으로 용서하십시오.

175　　　그럼 이만, 내일 다시 찾아오겠습니다.

공주　무탈한 몸과 온당한 갈망이 함께 하시길.

왕　어디서나 공주의 소망이 이루어지시길.　　([왕, 롱가빌, 듀메인] 퇴장)

베룬　전 그대를 제 마음에 새기겠습니다.

로잘라인　아무쪼록, 그러시길요, 그걸 저도 눈으로 볼 수 있다면

180　　　좋겠습니다.

베룬　그게 신음하는 소리를 들어주셨으면.

로잘라인　그 바보가 아픈가요.

베룬　마음이 아파요.

로잘라인　이런, 피를 뽑으세요.

185　**베룬**　그게 효과가 있나요?

로잘라인　제 의학이 "예"라네요.

베룬　그 눈길로 찔러주시겠어요.

로잘라인　노 포잉,[23] 제 칼로 할게요.

베룬　신이 그대 목숨을 보호하시길요.

190　**로잘라인**　당신 목숨도요 오래 살지는 못하게.

베룬　가야 해서 감사말-전달[24]은 못 하게.　　　(퇴장)

---

23. 원문은 프랑스어 *No poynt*(소용없다, 뭉툭하다)으로 영어로 No point가 된다.

24. 하이픈 기호(-)를 사용해 신조어를 만들던 당시 상황을 반영해 번역에서도 1598년

듀메인 등장.

듀메인 실례지만, 한 말씀만, 저 아가씨는 누구죠?
보이예트 알랑송가의 상속녀, 이름은 캐서린이죠.
듀메인 멋진 아가씨네요, *머슈*[25], 그럼 안녕히.   (퇴장)

[롱가빌 등장.]

롱가빌 부디 한 말씀만, 흰색 빛 아가씨는 누구죠?   195
보이예트 빛 밝은 데서 보시면, 여자지요 때로는요.
롱가빌 빛 밝은 데서 가볍게.[26] 이름을 원한다는?
보이예트 하나밖에 없는데, 원하시니 너무하다는.
롱가빌 제발 선생님, 어느 분의 따님이신지?
보이예트 그 어머니의 딸이라고, 저는 들었습니다.   200
롱가빌 수염 꽤나 있으신 분인데 가호를 빕니다.
보이예트 화는 푸시고, 팔콘브릿지가의 상속녀죠.
롱가빌 화 풀렸고, 최고로 아름다운 아가씨네요.
보이예트 그렇지 않을 수 없겠지요, 그렇겠지요.   (롱가빌 퇴장)

베룬 등장.

사절판의 하이픈 기호를 그대로 따라 번역하기도 하였다.
25. 프랑스식 표현(...씨, 님 등 남자를 부르는 경칭).
26. 원문은 Perchance light in the light로, light는 밝다와 가볍다는 뜻을 모두 지닌 영
   어 단어이다. 이를 이용한 말장난이 계속 등장한다.

205 **베룬**　모자 쓴 여자분 이름이 뭐죠?

보이예트　우연히도 로잘라인이라고 하네요.

베룬　결혼은 했나요, 안 했나요?

보이예트　자기 의지인지, 뭔지 하고 했다지요.

베룬　오, 오신 걸 환영한다는, 아듀.

210 **보이예트**　안녕을 제게 주시고, 환영을 가지시쥬.　　　　　(베룬 퇴장)

머라이어　저 마지막 분이 베룬, 장난이 심하신.

　　　　그분 말은 다 농담.

보이예트　　　　　　　　　농담이 다 말뿐인.

공주　그분의 말을 받아주시다니 잘하셨어요.

보이예트　올라타려고 해서 기꺼이 붙들어줬지요.

캐서린　두 성난 군양(群羊).

215 **보이예트**　　　　　　　　왜 군함이 아니고요?

　　　　그 입술이 먹이면 몰라 (순한) 양은 아니죠.

캐서린　경은 양 그리고 전 방목을. 농담 끝났겠죠?

보이예트　풀 주시는 거죠.

캐서린　　　　　　　격 낮은 짐승이네요.

　　　　제 입술은 공유지가 아니고, 사유지예요.

보이예트　누구에게 속한다는?

220 **캐서린**　　　　　　　제 재산 제 거죠.

공주　말꾼들은 시끄럽죠, 둘 다 받아들이고,

　　　　이 재치 전쟁은 나바르 왕과 책벌레들요

　　　　그들에게 하는 게 낫다는, 이건 낭비죠.

보이예트　저의 관찰은 거의 틀릴 때가 없으니

　　　　마음속 외침이, 눈으로 드러났으니.　　　　　　　225

　　　　절 속일 순 없습니다, 왕이 감염되었음에.

공주　무엇이에요?

보이예트　저희 사랑꾼들이 상사병이라 하는 것에.

공주　이유를 대라면.

보이예트　왜냐 왕의 모든 행동이 퇴각했다는,　　　　　230

　　　　눈이란 궁정으로, 욕망이 새어 나온다는.

　　　　심장은 마노[27]라 공주님 모습이 새겨지니,

　　　　그 형태에 기뻐함이, 눈으로 드러나니.

　　　　못 볼까 안달이 나 혀는 말만 내뱉었지,

　　　　서둘러 자신의 눈 속으로 굴러 들어가니,　　　　235

　　　　모든 감각이 시각으로만 맞추어져,

　　　　미인 중의 미인을 오직 눈으로만 느끼려.

　　　　제가 보기엔 모든 감각이 시각에 갇혀서,

　　　　어떤 제후가 사갈 수정 속 보석과 같아.

　　　　박힌 곳에서 자신의 가치를 뽐어내며,　　　　　240

　　　　공주님 지나가실 때 구매를 손짓하며.

　　　　그 얼굴 여백에서 그런 경탄이 읽혀서,

　　　　눈길에 매혹된 그 눈을 모든 눈이 봐서.

　　　　제가 아키텐을, 왕의 것은 모두 드리지요,

　　　　그분께 다정한 입맞춤만 해주신다면요.　　　　245

---

27. 적갈색 보석.

공주   막사로 가죠. 보이예트는 좋으신가 봐요.

보이예트   눈이 드러낸 걸, 말로 표현했을 뿐이죠,

전 그저 왕의 눈을 입으로 바꾸었다는,

거짓말은 하지 않는 혀만 덧붙였다는.

250 **머라이어**   경은 노련한 연애-장사꾼, 능변가세요.

캐서린   큐피드 할아버지라, 손자에게 뉴스 듣고.

로잘라인   비너스는 엄마 닮았네, 아버진 험상궂고.

보이예트   듣나요, 정신없는 아가씨들?

머라이어   아니요.

보이예트   뭘 보시죠?

머라이어   아, 사라질 길이요.

보이예트   다들 너무하세요.   (모두 퇴장)

3막

1장

허풍선이 [아르마도], 그의 꼬마 [시동] 등장.

아르마도 노래를 불러 아이야, 내 청각을 열정적으로 만들어줘.

시동 [(노래한다)] 콘콜리넬.[28]

아르마도 달콤한 곡조, 가거라 어린애야, 이 열쇠를 가지고 가서,
그 촌놈을 풀어주고, 빨리 여기로 데리고 와. 그놈을
5   시켜서 내 사랑에게 편지를 전달해야겠어.

시동 프랑스식 야단법석 춤으로 사랑을 얻으시는 건 어때요?

아르마도 무슨 말이야? 프랑스식으로 법석을 떨라고.

시동 아니요, 완벽하신 주인님, 혀끝으로는 지그[29] 추듯이 노래를
부르고요, 거기에 발맞추어 춤을 추셔야죠, 눈을 까뒤집어
10   분위기를 맞추시고, 한숨으로 음을 내고 노래로 음을 내고
가끔씩 목구멍으로 내고, 가끔씩 만약에 사랑을 노래로
불러서 삼켜 버리신다면요. 코는 사랑을 냄새 맡아
들이키시듯이 모자를 가게 위 차양처럼 두 눈 위까지

---

28. 당시 유행하던 노래인 듯하다. 비슷한 소리(*Quand Colinelle*)로 시작되는 샹송도
거론되는데, 무능한 남자 성기를 코믹하게 다루는 노래로 겉모습에 신경 쓰고 상
대방 소리는 잘 알아듣지 못하는 아르마도에 대한 조롱으로도 해석할 수 있다
(Ross W. Duffin, "'*Concolinel*': Moth's Lost Song Recovered?" *Shakespeare
Quarterly* vol. 66, no. 1, 2015, pp. 89-94, 가사와 악보 수록).
29. 보통 4분의 3박자의 빠르고 경쾌한 춤.

눌러 쓰시고요, 두 팔은 꼬챙이에 꿴 토끼처럼 홀쭉한

더블릿 위로 팔짱을 끼세요, 아니면 옛날 그림 속 남자처럼   15

두 손을 주머니에 찔러 넣으시고요.[30] 한 곡조를 너무 길게

끌지는 마세요, 짧게 다음으로. 이게 격식이고, 이게

분위기고, 이게 그러잖아도 넘어갈 반반한 아가씨들을

꼬드겨서, 바로 그 남자를 유명 인사로 만들죠. 아시겠죠,

이런 것 최고로 잘하는 남자?   20

아르마도 그 경험을 넌 어떻게 샀니?

시동 제 몇 푼짜리 관찰로요.

아르마도 그런데 오, 그런데 오.

시동 목마는 잊혔구나.[31]

아르마도 내 사랑을 목마로 부르다니.   25

시동 아니에요, 주인님, 목마는 망아지고, 주인님 사랑은 아마도,

올라타도 되는 말. 주인님 애인을 잊으셨어요?

아르마도 거의 그래.

시동 태만한 학생, 마음 곁에 새기셔야죠.

아르마도 마음 곁에, 마음 안이지 꼬마야.   30

시동 그리고 주인님 마음 밖에도요. 이 세 가지 전부를 제가

증명해볼게요.

아르마도 뭘 증명해 낼 건데?

시동 남자요, 제가 계속 살면 되는, 지금 당장은 (이거요), 곁에서,

---

30. 사랑에 빠져 우울한 남자를 뜻하던 포즈.

31. "오, 오, 목마는 잊혔구나"가 당시 유행하던 노랫말이다.

안에서, 밖에서. 마음 곁에서 사랑한다, 주인님 마음은
그녀 곁에 접근할 수 없기 때문이죠. 마음 안에서 사랑한다,
마음만 그녀와 사랑에 빠졌기 때문이죠. 마음 밖에서
사랑한다, 마음 밖이라 주인님은 그녀를 즐길 수 없어요.

아르마도 내가 그 세 가지 다야.

시동 거기에다가 그 세 배는 더 보태서, 하지만 결국은 뭣도
아닌.

아르마도 그 촌놈을 여기로 데려와, 편지를 날라 줘야겠어.

시동 훌륭하게 고안이 된 메시지, 당나귀를 위한 특사가 되어
버릴 말.

아르마도 하하, 뭐라고?

시동 아유, 나리, 당나귀를 말에 태워서 보내셔야죠, 당나귀는
걸음이 너무 느리니. 여하튼 전 갈게요.

아르마도 안 멀어, 어서 가.

시동 납덩이같이 재빠르게요, 나리.

아르마도 뜻이 엄청 독창적인 건가, 납덩이는 무겁고, 둔하고,
더딘 금속 아니야?

시동 *미니메*[32] 점잖으신 주인님, 오히려 주인님 아니에요.

아르마도 내 말은 납덩이는 더디다고.

시동 그렇게 말씀하시는 건 나리 속단이에요.

총에서 발사된 납덩이가 더딘가요?

아르마도 그럴싸한 수사법의 연기가,

---

32. 라틴어 *Minime* (조금도요).

날 대포로 여기는 거지, 포탄은 자기고.

널 촌놈에게 쏜다.

시동   쿵, 그럼 전 날아가고.   [(퇴장)]

아르마도 최고로 깜찍한 꼬맹이, 입심 좋고 당돌해,

달콤한 하늘아, 네 얼굴에 한숨지어야 해.   60

최고로 성가신 우울, 용기가 못 이기네.

내 전령이 돌아오는구나.

시동, 광대 등장.

시동 주인님 기적이요, 대갈통이 왔는데 정강이가 까졌네요.

아르마도 무슨 수수께끼, 무슨 의미, 어서, *결론*[33]을 말해봐.

광대 수수께끼 아니고, 의미 아니고, 결론 아니고, 고비[34] 아니고,   65

남자에겐 나리. 오, 나리, 질경이, 순스 질경이[35]요. 결론

아니고, 결론 아니고, 고비 아니고, 나리, 질경이요.

아르마도 덕분에 웃음이 나올 수밖에. 너의 어이없는 생각, 내 비장,

허파의 요동이 조롱의 웃음을 일게 한다. 오, 별들이여

용서하소서, 저 분별없는 인간이 *고비卿扉*[36]를 *결론*으로,   70

*결론*이란 말을 *고비*로 아는지?

시동 현자는 그걸 다르게 생각하나요, *결론*은 고비이지 않아요?

---

33. 원문은 *lenvoy*.

34. 약용 여러해살이풀狗脊. 원문은 salve(고약).

35. "순수 질경이"의 착오. 민간요법에서 치료 약으로 사용했다.

36. 사립문을 두드려 방문함. 원문은 라틴어 *salve*(인사, 안녕하세요).

아르마도　아니지 꼬마야, *결론*은 앞서 말한 좀 모호한 선행

구절을 명료하게 해주는, 서술이나 맺음말이야.

75　　　내가 예를 들어주지.

여우, 원숭이, 호박-벌은,

셋이라 항상 짝이 안 맞는.

이게 주제고. 이제 *결론*.

시동　제가 *결론*을 보탤게요, 주제를 다시 말해 보세요.

80　**아르마도**　　여우, 원숭이, 호박-벌은,

셋이라, 항상 짝이 안 맞는.

시동　　　거위가 문밖으로 나오네,

넷이 되어 짝이 해결돼.

자, 제가 주인님의 주제를 말할 테니, 주인님은 제 *결론*

85　　　따라 하시겠어요.

여우, 원숭이, 호박-벌은,

셋이라, 항상 짝이 안 맞는.

아르마도　　거위가 문밖으로 나오네,

넷이 되어 짝이 되네.

90　**시동**　좋은 *결론*, 거위로 끝나는 엔딩이라니. 그보다 더

바라시기라도?

광대　시동이 잘 팔았는데, 거위, 그거 별로라는.

나리, 살찐 거위면, 쓰신 돈-가치에 맞다는.

잘 팔려면 잡았다 놓았다 교묘해야죠.

95　　　살찐 *결론*을 볼게요, 아, 살찐 거위요.

아르마도 이리 와, 이리 와. 이 논의가 어떻게 발단했지?

시동 대갈통이 정강이가 까졌다고 말씀드리니.

그랬더니 주인님이 결론을 요청하셨어요.

광대 맞습니다, 그리고 제가 질겅이가 필요하다니까, 나리의

논의가 끼어들었고, 그리고 저 꼬마의 살찌워진 결론,　　　　　　100

거위 사신 거요, 그리고 꼬마가 장을 파했죠.

아르마도 그런데 말해봐, 대갈통이 어떻게 정강이를 깼어?

시동 제가 실감 나게 말씀드릴게요.

광대 그거 느낀 적 없잖아 모트, 제가 그 결론 말씀드릴게요.

나 코스터드 안에 잘 있다가, 튀어나오다가,　　　　　　　105

문턱에 걸려, 정강이가 까졌도다.

아르마도 이 문제 이제 더 이상 논하지 말자.

광대 정강이에 문제가 더 생기기 전까지는요.

아르마도 이봐 코스터드, 석방해 줄게.

광대 오, 절 기둥서방 만들어 주신다고요, 어떤 결론, 어떤　　　　110

거위 냄새가 납니다.

아르마도 나의 인자한 영혼이, 그러니까, 널 풀어주겠다고. 너란

사람에게 자유를 준다. 감금되어, 구속되고, 뇌쇄되고,

속박되어 있었지.

광대 맞습니다, 맞습니다, 이제 나리가 제 정화가 되어, 절　　　　115

풀어주실 거죠.

아르마도 내가 네게 자유를 주고, 금고를 풀어주나니, 대신,

네게 아무것도 아닌 이 임무를 부여한다. 이 봉서를

시골 처녀 자크네타에게 전달하라. 이건 후사다, 내
명예를 지키는 최고의 보루는, 하인에게 보상을 주는
거지. 모트, 따라와.

시동　부록처럼. 아듀, 코스터드 씨.　　　　([아르마도와 함께] 퇴장)

광대　귀여운 작은 몸뚱어리, 깜찍한 꼬맹이.
자, 후사를 봐볼까.
후사, 오, 3파딩[37]을 가리키는 라틴어네. 흐사[38] 3파딩,
이 자수 장식 끈은 값이 얼마죠? 몰라요, 후사를 드릴게요.
왜요? 후사 감이니까요. 왜요? 프랑스-크라운보다 멋진
이름이잖아요. 앞으로 이 단어 없이는 사고팔고 안
해야지.

베룬 등장.

베룬　오, 요 상당한 꾼 코스터드, 정말 잘 만났어.

광대　아무쪼록 나리, 남자가 후사 하나로 살색 빛깔 리본은
몇 개나 살 수 있을까요?

베룬　오, 후사가 뭔데?

광대　저런 나리, 반 페니 파딩이요.

베룬　오, 그럼 비단 3파딩 어치.

광대　감사합니다, 신께서 함께하시길.

---

37. 1파딩은 4분의 1페니이다. 파딩, 페니(펜스) 모두 영국의 옛날 동전 단위로, 100펜
　　스가 1파운드이다. 3파딩짜리 청동화도 있었는데, 광대는 이것을 받은 것 같다.
38. "후사"의 착오.

베룬 오, 가만있어봐 이놈아, 널 고용해야겠어.

요 상당한 꾼, 내 비호를 받으려면,

내가 부탁하는 일 한 가지만 해.

광대 그거 언제까지 해드려야 하는데요, 나리?   140

베룬 오, 오늘 오-후까지.

광대 그럼, 할게요, 나리. 그럼 이만.

베룬 오, 그게 뭔지 모르잖아.

광대 하고 나면 나리 그게 뭔지 알겠죠.

베룬 이런 나쁜 놈, 먼저 알아야지.   145

광대 제가 내일 아침에 나리에게 갈게요.

베룬 오늘 정오 이후까지 해야 한다고,

들어봐 이놈아, 그냥 이거야.

공주님이 이 장원으로 사냥 오시는데,

수행원 중 한 여성분이 있거든.   150

정겹게 대화하다가, 그 이름을 부를 거고,

로잘라인이라고 하는데, 그분을 찾아봬.

그분의 하얀 손에 네가 전하는 거야

이 봉인된 밀서를. 자, 여기 포상. 가.

광대 퍼상, 오, 훌륭한 퍼상, 후사보다 나은데, 11펜스-파딩   155

이상.[39] 최고로 훌륭한 퍼상. 확실히 수행하겠습니다,

나리. 퍼상 후사.   (퇴장)

베룬 오, 정말 사랑에 빠지다니, 사랑에 채찍질이던 내가?

---

39. 1실링(영국 구화, 백동전) 정도 받은 것 같다. 1실링이 12펜스에 해당했다.

우스꽝스러운 한숨을 매질하던 관리, 비판가, 야간 순찰병,
160   큐피드 꼬마를 누르려던 학자, 더 엄청난 인간은 없었는데.
이 눈 가리고 칭얼대는 제멋대로인 눈먼 꼬마,
이 애늙은이 거인 난쟁이, 큐피드 선생님,
연애-시 섭정자, 팔짱 낀 자들의 전하,
신음과 한숨의 그 거룩한 주인,
165   모든 방랑자와 불평분자들의 군왕.
치마 틈이 두려워하는 군주, 거시기 덮개 왕.
순찰하는 풍기단속반의 유일무이한 황제이자
위대한 장군 (오, 내 얄량한 가슴.)
내가 큐피드 장성의 부관이 되어서,
170   곡마단 굴렁쇠 같은 그 휘장을 두르고.
뭐? 내가 사랑해, 애원해, 아냇감을 구해,
여자는 독일산 시계랑 같아서,
항상 수리 중이고. 계속 안 맞아,
시계인데도, 제대로 가는 적이 없어요.
175   그래도 쳐다보니, 맞게 가는가.
아니 맹세를 깨는 거, 그게 최악이야.
사랑할 수 있는 세 명 중 최악이야,
뻔뻔한 왈가닥, 벨벳 같은 눈썹에,
두 송진 덩어리가 눈이라고 얼굴에 박혀 있고.
180   정말, 그 짓거리는 할 여자라고,
아르고스[40]가 환관이고 감시자라고 해도.

그런데 그 여자로 한숨짓고, 밤새우고,
기도하고, 젠장. 이건 천벌이야,
그 전지전능하고 무시무시한 힘을
내가 무시했다고 큐피드가 내린.   185
난 사랑, 편지, 한숨, 기도, 애원, 신음해야,
누군 마님, 누군 하녀 조앤을 사랑해야.   [(퇴장)]

---

40. 그리스 신화에 나오는 100개의 눈으로 감시하는 거인.

4막

1장

공주, 산지기, 공주를 수행하는
여자귀족들과 남자귀족들 등장.

공주 저 경사가 가파른 언덕을 향해서 말이죠
　　　 말에 박차를 가하셨던 분이 전하이신지?

산지기 모르지만, 왕은 아니신 것 같습니다.

공주 누구든, 드높은 마음을 보여주셨네.

5　　 자, 여러분, 오늘은 임무를 완수하고,
　　　 토요일에는 프랑스로 돌아가도록 하죠.
　　　 친애하는 산지기님, 덤불은 어디죠
　　　 숨어서 살생자 역을 하며 서 있어야 하는?

산지기 여기서 가까운 저쪽 숲 경계 부근인데,

10　　 거기서 가장 아름답게 쏠 수 있으십니다.

공주 제 아름다움에 감사, 활 쏘는 데 아름답다,
　　　 그 말인 거죠, 가장 아름답게 쏠 수 있다.

산지기 죄송합니다, 그런 뜻은 없었습니다.

공주 뭐, 뭐죠? 처음엔 칭찬, 다음엔 아니다.

15　　 오, 짧게 산 자부심. 아름답지 않다? 슬프다

산지기 아름다우세요.

공주 　　　　　　　　아뇨, 이제 채색 금지요.

아름답지 않은데, 칭찬이 다듬을 순 없죠.
진언을 하니 (좋은 거울님) 이거 드리고.
불쾌한 말엔 아름다운 값을, 치르고.

산지기 공주님께서 받으신 건 아름다움뿐이니.   20

공주 봐요, 제 아름다움은 보상으로 구제되니.
오, 아름다움의 이단아, 요즘 세상엔 맞지,
베푸는 손은, 추해도, 칭찬이 돌아오니.
자, 활을. 이제 자비가 살생하러 가요,
그러니까 활을 잘 쏘면, 잘못이 되죠.   25
제 칭찬은 그래서 활시위에 맡깁니다,
상처를 못 내면, 동정심이 못 하게 했다.
상처를 내면 실력을 보여주는 거다,
살생이 목적이 아닌, 칭찬을 위해서다.
이건 부정을 할 수가 없는데 때로는,   30
명예욕이 자라나서 흉한 죄를 짓는다는,
명성을 위해, 겉치레 칭찬을 받기 위해,
우리는 활을 당기죠, 수사슴 움직임에.
저 칭찬받으려고 지금 피 보려는데
불쌍한 사슴 피, 제 가슴의 악의도 없는데.   35

보이예트 고약한 아내가 그런 주장하지 않나요
단지 칭찬을 받고자, 함이라고 말이죠
자신이 주군의 주군이 되려고 하면서?

공주 단지 칭찬 때문이고, 우린 칭찬해야죠,

자기 남편을 휘어잡는 여자라면요.

                              광대 등장.

보이예트   이 공화국 백성 중 한 명이 오고 있군요.

광대   안녕하세요, 누가 우두머리 아가씨죠?

공주   머리 없는 사람들을 제외하면 아는데.

광대   누가 가장 위대하신 아가씨죠, 가장 높으신?

45 **공주**   가장 튼튼하고, 가장 큰.

광대   가장 튼튼하고, 가장 큰. 네, 참이 참이죠.

       허리가, 아가씨, 제 재치만큼 홀쭉하면,

       여기 아가씨 거들 중 하나는 맞겠죠.

       대장 아가씨 아니세요? 가장 튼튼하신데.

50 **공주**   용건이 무엇인지? 용건이 무엇인지?

코스터드   한 통의 편지가 있습니다, 머슈 베룬이

       로잘라인이라는 한 아가씨께 보내는.

공주   오, 너 편지, 너 편지. 베룬은 좋은 친구라는.

       배달부 비켜서시고. 보이예트는 여세요,

       이 연애편지 뜯어봐요.

55 **보이예트**   분부를 받들지요.

       잘못 왔네요. 여기 사람들과 무관한데요.

       자크네타에게 쓴 편지라는.

공주   꼭, 읽어보죠.

       봉인 입구를 뜯어요, 모두 들어보죠.

보이예트 (편지를 읽는다) "맹세코, 그대는 아름답죠, 최고로 의심의
여지가 없죠. 그대가 아리따운 것은 진실이고, 그대가   60
사랑스러운 것도 진실 그 자체. 아름다움보다도 더
아름답고, 아리따움보다 더 어여쁘고, 진실 그 자체보다
더 진실한. 그대의 용맹한 노예를 가엾게 여기소서. 저
고결하고 최고로 타의 모범이 되었던 코페추아 왕[41]도
의심스럽고 치명적인 거지 처녀 제넬로폰에게 눈길을   65
주었죠. 왕은 이리 말해도 되는 분이셨는데, *베니, 비디,*
비치.[42] 통속어로 분석적으로 설명하자면, 오, 천하고
미천한 통속어, *비델리쎗,*[43] 왕이 왔고, 보았고, 이겼도다.
왕이 왔고, 하나, 보았고, 둘, 이겼도다, 셋. 누가 왔죠? 왕.
왕은 왜 왔죠? 보려고. 왕은 왜 봤죠? 이기려고. 왕이   70
누구에게 왔죠? 거지에게. 왕이 무엇을 봤죠? 거지. 누구를
이겼죠? 거지. 결론은 승리죠. 어느 쪽이? 왕 쪽이. 포로는
득을 보았고, 어느 쪽이? 거지 쪽이, 대단원은 혼인이고,
어느 쪽이? 왕의 쪽이. 아니, 하나인 둘이, 혹은 둘 다 각각.
(비교하자면) 제가 왕이고 그대가 거지죠, 그대는 비천하니.   75

---

41. 여자에 무관심해 결혼에는 뜻이 없었으나, 우연히 본 순수한 거지 처녀에게 반해
    결혼에 반대하는 궁을 떠나 사랑을 택하는 민요 속 흑인 왕.
42. 라틴어 *veni, vidi, vici*(왔노라, 보았노라, 이겼노라). 시저가 승리 후 남겼다는 유명
    한 말. 라틴어는 관객들에게 가장 익숙했을 것 같은 발음을 한글로 표기하는 방식
    으로 번역하였다. 라틴어는 영어로 유입되며 영어식으로 발음되기도 했고, 교회에
    서 사용하던 발음은 또 달라, 여러 가지로 발음이 가능하였을 것으로 추측된다.
43. 라틴어 *videlicet*(즉).

그대의 사랑을 명령할까요? 그럴 수도요. 그대의 사랑을
강요할까요? 그럴 수 있죠. 그대의 사랑을 탄원할까요?
그러려고요. 저 그대는 누더기를, 예복으로, 미미함을
작위로, 그대 자신을, 나로, 바꾸겠는지요. 그대의 답장을
80   기다리며, 그대 발에 내 입술을, 그대 초상에 내 눈을,
그대 구석구석에 내 심장을 더럽히며.

헌신을 최고 열정으로 도모 중인 그대의 것,
돈 아드리아노 데 아르마도.

이렇게 네메아 사자[44]의 포효를 듣는다,
85   사자 먹이로 있는, 그대 어린 양을 향하는.
사자의 웅장한 발아래 무릎 꿇어라,
그럼 먹이 징발을 멈추고 즐기겠다는.
싸우겠다 (가련한 영혼) 그땐 무엇인가?
노여움의 밥, 사자 굴에서의 식사다."
90 **공주** 이 편지 쓴 자는 무슨 깃털 장식인가요?
팔랑개비? 풍차? 그보다 나은 건 있고요?
보이예트 꽤 현혹적이나, 문체가 기억나는 게.
공주 아니면 기억력이 나쁘죠, 막 읽었는데.
보이예트 아르마도라 궁에 묵는 스페인 사람으로,
95   왕과 그 책-동지들에게, 과대망상자로

---

44. 헤라클레스가 죽인 네메아 골짜기의 사나운 사자.

오락거리가 되고 있죠.

공주   거기, 한 마디만.

편지 준 이가?

광대   제 나리라 했습니다만.

공주 편지 수신자가?

광대   제 나리가 제 아가씨께.

공주 어떠한 나리가, 어떠한 아가씨께?

광대 베룬 나리, 제 훌륭하신 주인님이요,   100

로잘라인이라는, 프랑스 아가씨께요.

공주 편지 잘못 가져왔다는. 다들 가시죠.

[(로잘라인에게)] 여기, 넣어둬, 다음엔 네 편지겠지요.

보이예트 쓴 사람은 누굴까? 쓴 사람은 누굴까?

로잘라인 가르쳐 드려야 하나요.   105

보이예트 네, 제 아름다움의 요체.

로잘라인 아, 활을 든 사람이죠. 곱게 비켜나시죠.

보이예트 뿔을 쏘아 죽이신답니다, 하지만 결혼 후,

그해에 뿔이 돋는다에,[45] 제 목을 건다우.

곱게 하시지요.   110

로잘라인 뭐 그러시면 제가 쏘는 사람이고요.

보이예트 그럼 아가씨 사슴은 누굴까요?

로잘라인 뿔로 보면, 경은 근처도 못 오시고요. 곱게 하시지요,

정말로.

---

45. 아내가 바람피우면 남편 이마에 뿔이 돋는다고 표현했다.

115 **머라이어** 로잘라인이랑 아직도 말다툼하세요, 로잘라인이

이맛전을 겨누는데요.

보이예트 허나 본인은 아래를 맞았죠. 제가 이제는 맞혔나요?

로잘라인 오래된 얘기로 해볼까요, 프랑스의 피핀 왕[46]은

요만한 꼬마였을 때 이미 남자였죠, 그 맞히는 것에

120   관해서는.

보이예트 그럼 저도 오래된 얘기로 응수하면 영국 귀너비어

여왕[47]도 어린 계집아이였을 때 이미 여자였죠, 그

맞히는 것에 관해서는.

로잘라인 [(노래한다)][48] 못 맞혀, 그거, 그거, 그거,

125   못 맞혀 그거, 여보세요.   (퇴장)

보이예트 [(노래한다)] 나는 못 해, 못 해, 못 해.

나는 못 해, 딴 자는 해요.

광대 정말 최고로 재밌는, 두 분 잘 맞네요.

머라이어 기막히게 잘 맞힌 과녁, 둘 다 맞혔네요.

130 **보이예트** 과녁, 오, 과녁에 관심을. 과녁이라 하면.

과녁에 뾰족한 게 박히길, 조준, 가능하면.

머라이어 활 쥔 손 넓히세요, 손이 사정권 밖이라는.

광대 가까이서 쏴셔야죠, 중앙 못 맞춘다는.

보이예트 제 손이 밖이면, 그 손이 안에 있는 건데.

---

46. Pepin the Short라고도 불리던 샤를마뉴 대제(서로마 제국 황제)의 아버지.

47. 아서 왕(전설 속 인물로 브리튼의 영웅)의 부인. 아서 왕 부하와 밀애를 나눔.

48. 다음 악보 참조. Ross W. Duffin, *Shakespeare's Songbook*. W. W. Norton & Company, 2004. p. 88.

광대　　그럼 위쪽으로, 가운데 핀을 쪼개.　　　　　　　　　　135

머라이어　가요, 말이 지저분, 입술 칠면조 돼요.

광대　　박기엔 아가씨가 단단하니, 볼로 하시죠.

보이예트　막 비빌까 겁난다는. 올빼미⁴⁹ 양반 잘 자요.

광대　　요런 놀라운 촌놈, 최고로 단순한 광대.

　　　　　이런, 이런, 아가씨들과 내가 눌러버렸네.　　　　　140

　　　　　최고의 광대, 최고로 번드레한 세속적 재치,

　　　　　꽤 매끄럽게 나오면, 꽤 음탕해서, 꽤 맞지.

　　　　　그리고 아르마도, 오, 최고로 고상한 남자,

　　　　　여자 앞에서 걷고, 부채 들어주는 것 보면.

　　　　　제 손에 키스하고 달콤하게 맹세하는 것 보면.　　　145

　　　　　그리고 그 시동은, 한 줌의 재치랄까,

　　　　　아 저런, 그 재치 최고로 애잔한 서캐⁵⁰다.

　　　　　뿌우, 뿌우.⁵¹　　　　　　　　　([모두 퇴장. 안쪽에서 화살 소리.])

---

49. 약은 체하는 바보.

50. 머릿니의 알.

51. 사냥터 뿔 나팔 소리 흉내.

2장

보안관, 현학자 홀로퍼니즈, 나싸니얼 등장.

나싸니얼 정말 매우 존경할만한 오락거리, 훌륭한 양심 고백
속에 수행되는.

홀로퍼니즈 그 사슴의 (아시다시피) *생귀스*[52] 즉 피가, 사과처럼
숙성했었는데, *켈로*[53] 즉 창공, 하늘, 천상의 귀에 보석처럼

5 걸려 있다가, 이내 *테라*, 즉 대지, 육지, 토양 표면에 야생
능금처럼 떨어지는군요.

나싸니얼 정말 홀로퍼니즈 선생님, 최소한 그 통칭들이 학자답게
훌륭하게 다양합니다. 선생님 제가 확신하는데 그게 갓
뿔이 난 수컷이었습니다.

10 **홀로퍼니즈** 나싸니얼 신부님, *아우드 크레도*[54]

보안관 *아우드 크레도*[55]가 아니고, 이년생 수컷이었습니다.

홀로퍼니즈 최고로 미개한 개입. 허나 일종의 서설, 말하자면
설명의 *인 위아* 즉 방법으로, *파케레*.[56] 말하자면 그의

---

52. 라틴어 *sanguis*(피). 홀로퍼니즈에게는 라틴어를 먼저 떠올리고 그걸 이내 번역해
말하는 현학자적인 말 습관이 있다고 볼 수 있다.

53. 원문은 *celo*로 라틴어 *caelo*(창공)를 착각한 듯하다.

54. 라틴어 *haud credo*(그렇게 생각하지 않습니다).

55. 말을 잘못 알아듣고, 이를테면 old grey doe(늙은 회색 암사슴)를 어눌하게 발음하
는 식으로 연출된다. 1막 1장 각주의 보안관 설명 참조.

무손질, 무교양, 무교육, 무간결, 무훈련, 혹은 그보다

무배움, 혹은 진짜 그보다 무근거의 양식에 따라, 사슴   15

자리에 저의 *아우드 크레도*를 넣고자 하는, 그의 의도를

말하자면 모사, 혹은 그보다 *오스텐타레* 즉 보여주기다.

보안관 전 사슴이 *아우드 크레도*가 아니라, 이년생 수컷이라고.

홀로퍼니즈 두 번 속 끓이는 무지, 즉 *비스 콕투스*[57] 오, 끔찍한

무지, 너는 얼마나 추하게 보이는지.   20

나싸니얼 선생님, 책 속 진미들을 맛보지 못한 자입니다.

말하자면 종이를 못 먹어봤지요. 잉크를 못 마셔봤습니다.

지력이 채워지지 않은, 그저 짐승으로, 그저 우둔한

부분에만 감각이 작용합니다. 그런 메마른 모종이 우리

앞에 있으니, 그러니 우리는 감사해야죠. 우리가 맛보고,   25

느끼는, 그런 부분들은 저자보다 우리에게서 열매를

맺기 때문입니다.

제가 허황되고, 지각없고, 바보가 되어버리는 건 흉한 것,

저자를 학교에서 보는 것도, 배움에 부스러기 붙이는 것.

하지만 *옴네 베네*[58]라고 말하지요, 옛 선조의 마음으로,   30

많은 이가 날씨를 견뎌냅니다, 바람을 사랑하지 않아도.

보안관 두 분 책-벌레시네요, 두 분의 재치로 말씀해주시겠어요?

카인[59]의 생일에 나이가 한 달이지만, 5주는 안 된 게

---

56. 라틴어 *facere*(하기).

57. 라틴어 *bis coctus* (두 번 삶은).

58. 라틴어 *omne bene* (모든 것이 좋다).

59. 아담과 하와의 맏아들.

뭔가요?

35 **홀로퍼니즈** 딕티시마[60] 덜 양반아. 딕티시마 덜 양반아.

보안관 딕티마[61]가 뭐죠?

나싸니얼 피비, 루나, 즉 달의 여신의 다른 명칭.

홀로퍼니즈 달 나이가 한 달일 때 아담 나이도 그 정도
아담이 100살일 때 달은 5주가 안 됐고.

40 그 비유가 돌아가면서 되네.

보안관 진짜, 그 야유가 돌아가면서 되네.

홀로퍼니즈 신이 자네의 수용 능력을 보살펴 주시길, 나는
비유가 돌아가면서 된다고 말하고 있네.

보안관 그리고 저는 미유[62]가 돌아가면서 된다고 말하고 있죠.

45 달은 아무리 나이가 들어도 한 달밖에 안 되니. 그리고 또
저는 공주님이 죽이신 건 이년생 수컷이라고 말하고 있죠.

홀로퍼니즈 나싸니얼 선생님, 사슴의 죽음에 관한 즉흥 비문
하나 들어보시겠습니까, 무지한 자가 사슴을 부르는 것에
맞춰 주려는데: 공주님께서 이년생 수컷을 죽였다.

50 **나싸니얼** *페르게*,[63] 훌륭하신 홀로퍼니즈 선생님 *페르게*,
무례함을 일소해 기분이 좋아지실 겁니다.

---

60. 딕티나(달의 여신. 피비, 루나에 비해 잘 안 쓰는 호칭)의 착오인 듯.
61. 보안관이 말을 또 잘못 알아듣고 있다.
62. 보안관이 비유(allusion)를 야유(collusion), 미유[polusion, pollution(새끼 고양이들)
의 착오인 듯]로 말하고 있는데, 비유라는 단어를 모르는 보안관이 비슷한 발음으
로 내뱉은 말들이 현학자를 조롱하는 장면으로 연출될 수 있다.
63. 라틴어 *perge*(진행하다). 이어지는 시는 즉흥시라 다소 느릿느릿 진행될 수 있다.

홀로퍼니즈 제가 첫 글자들을 어떻게 해보지요, 유창성을 위해.

공격하는 공주가 가르고 구멍 냈지

꾕장히 괜찮은 이년생 수컷이라지,

사년생 설 있는데, 상처가 없었기에,   55

시방 시위로 상처 나기 전까지는.

개가 짖고, 사년생에 미음 자 생겨,

그래서 덤불에서 삼년생이 나오네.

이년생-상처인가, 삼년생 수컷인가,

사람들이 소리를 내어서 묻다.   60

사년생에 상처 나니, 사년생에 미음 자고,

삼년생 수컷의 상처가 수십 개고.

나는 단지 미음 자 딱 하나를 덧붙여

상처 일개—個를 일백 개로 만드네.

나싸니얼 희귀한 재주.   65

보안관 재주가 발재간인가, 발재간으로 살살 등을 긁어주고

있네요.

홀로퍼니즈 이것은 제가 단순히 가진 재능입니다. 단순하고, 엄청

하찮은 특질, 형식과 수사, 형태, 대상, 개념, 변별, 변화,

변혁으로 가득한. 이것들은 기억의 뇌실에서 잉태되고,   70

골막 내부에서 성장하고, 때가 익었을 때 탄생하지요.

그런데 이 재능은 그것이 예리한 사람들에게는 좋고,

저는 그래서 그 재능에 감사하고 있습니다.

나싸니얼 선생님, 저는 선생님이 계신 것에 주께 감사드리며,

75   교구민들도 그런 것이, 아드님들이 선생님께 잘 배우고

         있고, 따님들도 선생님 밑에서 아주 거하게 소득을 보고

         있다는. 선생님은 공화국의 훌륭한 일원이십니다.

    홀로퍼니즈 *메헐클레*,[64] 아드님들이 영리하다면, 가르침이 필요

         없겠지요. 따님들이 받아들일 수 있다면, 제가 가르침을

80   넣어 주지요. 허나 *위르 사핏 퀴 파우카 로퀴투르*(지자

         과언智者寡言),[65] 한 여성 된 자가 인사하는군요.

              [하녀] 자크네타, 광대 등장.

    하녀   신께서 주신 좋은 아침이요, 쓰인부님.[66]

    홀로퍼니즈 쓰인부님, *콰지*?[67] 쓰인부? 만일 한 명이 쓰우셔져야

         한다면, 누가 그자인지?

85 **광대**   저런 교사 선생님, 술통 쑤시는 자죠.

    홀로퍼니즈 술통을 쑤시는, 진흙 속에서도 빛이 나는 기발한

         비유가, 부싯돌엔 과분한 불꽃, 돼지에겐 과분한 진주

         목걸이. 괜찮아, 좋아.

    하녀   훌륭하신 신부님 제게 이 편지를 읽어주실 만큼 훌륭

90   하셔야죠, 그게 코스터드가 제게 준 건데, 돈 아르마도가

---

64. 라틴어 *meherde* (진정).

65. 라틴어 *vir sapit qui pauca loquitur* (지혜로운 자는 말수가 적다). 셰익스피어 시대에
   는 학교에서 라틴어를 가르쳤기에 알아들을 수 있었겠지만, 지금은 그 의미를 쉽게
   유추하기 어려운 라틴어는 이처럼 괄호 속에 뜻을 병기해 번역하였다.

66. 하녀의 "신부님"에 대한 발음이며, 그러한 발음에 대한 말장난이 이어진다.

67. 라틴어 *quasi* (...와 같은).

제게 보내신 거예요. 그걸 읽어주시길 간청합니다.

홀로퍼니즈 *파킬레 프레코르 겔리다, 콴도 페카스 옴네 수브*
움브라 루미낫(정가경청情歌傾靑),[68] 이하 생략. 아, 훌륭한 옛
시인 만투아누스, 이 시인에 대해서 베니스에 간 자만이
베니스를 논할 수 있듯 저도 그래야지요, 즉 *벰키, 벵카,*   95
퀘 논 테 운데, 퀘 논 테 페레케.[69] 옛 시인 만투아누스, 옛
시인 만투아누스, 누가 그대를 이해하지 못하리, 사랑하지
않으리, *도, 레, 솔, 라, 미, 파.* 실례지만 신부님, 내용이
뭔가요? 아니, 그보다 호라티우스가 자기 글에서 말하길,
아니, 시인가요.   100

나써니얼 네, 선생님, 매우 지적인데요.

홀로퍼니즈 시 구절, 시구, 시를 들어보지요, *레게 도미네.*[70]

나써니얼 [(읽는다)]
"사랑으로 맹세 어기니, 어찌 사랑 맹세를?
미인에게 맹세해야지만, 충성은 지켜지오.
혼자 한 맹세는 어겨도, 그대에겐 충성을.   105

---

68. 원문은 *Facile precor gellida, quando pecas omnia sub umbra ruminat.* 교과서 첫 번째
시로 수록되어 진부하리만큼 많이 인용되던 이탈리아 밥티스타 만투아누스
(Baptista Mantuanus, 1447~1516)의 라틴어 전원시("파우스트여, 당신의 가축이
모두 그늘에서 반추할 때 일을 멈출 것을 간원하니 우리의 옛사랑에 대해 이야기
해봅시다")를 홀로퍼니즈가 약간씩 틀리며 인용하고 있다. 번역도 이를 고려해 경
청(傾聽)을 경청(傾靑)으로 적었다.
69. 원문은 *vemchi, vencha, que non te unde, que non te perreche.* 방금 속담의 틀린 인용.
70. 라틴어 *Lege domine* (읽어주시지요, 신부님).

이 생각 참나무냐, 그대에겐 흰 버들이오
다른 것들을 공부하고, 그대 눈을 책 삼고.
그 눈에, 학문이 가져올 모든 기쁨이 있고.
지식이 목표면, 그댈 아는 것으로 충분코.
그대를 잘 기리는, 그런 혀가 잘 배웠고.
경탄 없이 그대를 보는, 그 영혼은 무지.
그대의 부분에 감탄하니, 나의 영광이오,
눈의 주피터⁷¹ 광휘, 목의 그 굉장한 우렛소리
노하지 않으면, 음악, 또 달콤한 불꽃이오.
그대 천사, 오, 이 무례한 사랑을 용서하오,
이런 지상의 혀로, 천상의 자랑을 노래하오."

홀로퍼니즈 휴지점을 못 찾으셔서 강조점을 틀리시는군요.
그 칸초네타⁷² 제가 좀 들여다보지요.
여긴 운율만 맞고, 우아함, 유창성, 운문으로서의 황금
진행은 *카렛.*⁷³ 오비디우스 나소가 남자였다는. 어찌해
참으로 나소냐, 창의성의 용솟음? 향기로운 상상의 꽃을
냄새 맡는 것 말고도 말이지요?⁷⁴ *이미타리*⁷⁵는 아무것도
아니죠. 사냥개가 주인을, 원숭이가 사육사를, 지친 말이

---

71. 로마 신화에서 최고의 신으로 그리스 신화의 제우스에 해당한다.
72. 16세기 후반~17세기에 유행한 가벼운 기분의 작은 가곡. 주로 무곡조로 지어짐.
73. 라틴어 *Caret* (부족한).
74. 오미디우스 나소(Publius Ovidius Naso, B.C. 43~A.D. 17)는 고대 로마 시인인
   데, "나소"에는 "큰 코를 가진"이란 뜻도 있다.
75. 라틴어 *imitari* (모방).

기수를 모방하는 것이 다 그러하듯. 그런데 처녀 아가씨,
이것이 아가씨에게 온 것이라고요? 125

하녀   네, 선생님 베룬이라는 한 나리로부터, 프랑스 공주님의
일행 중 한 명인가.

홀로퍼니즈   제가 수신자를 봐보지요.
"최고로 아름다운 로잘라인의 백설 같은 손에."
제가 다시 편지의 서명을 봐보지요, 편지의 대상이 되는 130
인물에게 편지를 적은 측을 지명하기 위해.
"원하는 것은 다해 줄 그대의 것, 베룬."
나싸니얼 신부님, 이 베룬은 왕의 신봉자 중 한 명인데,
외국인 공주님의 일행 중 한 명에게 줄 편지를 여기
고안했군요. 그런데 사고로, 혹은 진행 과정에서, 잘못 135
전달되었습니다. 아가씨, 어서 가셔서 이것을 전하의
고귀한 손에 전하시지요, 아주 중요할 수도 있다는.
제게 경의를 표한다고 지체하지 말고, 제가 봐줄 테니,
아듀.

하녀   훌륭한 코스터드 같이 가요. 선생님, 무탈하세요. 140

광대   나의 여자, 절 가지세요.   ([광대, 하녀] 퇴장)

나싸니얼   선생님, 이 일 하느님을 두려워하는 마음으로 매우
경건하게 처리하셨습니다. 하느님 아버지의 신념으로랄까.

홀로퍼니즈   신부님, 하느님 아버지 이야기는 그만하시고, 제가
보기 좋게 덮어씌운 둔사遁辭[76]를 매우 경계합니다. 그런데 145

---

76. 관계나 책임을 회피하려고 꾸며서 하는 말.

시로 돌아가 보면, 시가 좋으셨는지요, 나싸니얼 신부님?

나싸니얼 아주 글솜씨가 좋았다는.

홀로퍼니즈 제가 오늘 한 학생의 아버지 집에서 밥을 먹는데,

150   (식사 전에) 은총으로 자리를 축복해 주시는 게 괜찮으
시다면, 방금 말한 아이 혹은 학생의 부모로부터 제가
받는 특별대우에 따라, 신부님의 *벤 베누토*[77]를 보장해
드리지요, 거기서 그 시가 얼마나 배우지 못했고, 시로
서의 풍미, 재치, 창의성도 없음을 증명해 보이고요.
친목을 바랍니다.

155 **나싸니얼** 감사합니다. 친목은 (책이 말하길) 인생의
행복이라지요.

홀로퍼니즈 참으로 그 책이 최고로 틀림없이 정리해 주는군요.
보안관도 초대하려는데, 아니라고 말하진 않겠죠. *파우카*
베르바(간단명료簡單明瞭).[78] 갑시다, 저들은 저들의 사냥

160   중이고, 우리는 우리의 유흥으로.   (모두 퇴장)

---

77. 라틴어 *ben venuto* (환영).
78. 라틴어 *pauca verba* (짧게 말하죠).

3장

베룬 손에 종이를 들고, 혼자 등장.

베룬 왕, 전하는 사슴을 사냥하고 계시는데,
난 내 정신을 쫓고 있네.
저들은 덫을 놨는데, 난 낯빛에 던져져 있고, 물을 들이는
검은 낯빛. 물을 들이는, 불경한 말. 자, 슬픔이여 진정하라.
그 바보가 말했다는데, 나도 그리 말하니, 내가 바보. 잘   5
증명된 재치. 주여, 이 사랑은 아이아스[79]만큼 미쳤어요,
양을 죽이고, 절 죽이네요, 제가 양, 또 잘 증명된 부분.
사랑 안 할 거야. 사랑하면 내 목을 치라고. 맹세코
안 할 거야. 오, 그런데 그녀의 눈. 그 점이, 그녀의 눈이,
그녀를 사랑하지 않을 거야. 그래, 그 두 눈이. 자, 정말로   10
난 거짓말밖에 아무것도 안 해, 거짓말이 목구멍에. 하늘에
두고 난 사랑한다고, 그게 압운법을 가르쳐 준다고, 우울
하게 한다고, 여기 내 시의 일부가 있어, 여긴 내 우울함.
자, 그녀는 이미 내 소네트[80] 한 편을 받았지, 광대가

---

79. 그리스 신화에서 영웅 아킬레스의 갑옷이 자신이 아닌 다른 이에게 주어지자 순간
분노하여 그러한 결정을 내린 이들을 죽이려고 했다. 아테네 여신이 그 순간 정신
을 나가게 만들어 양 떼를 그 사람들로 착각하여 죽이는데, 정신이 돌아온 뒤에는
수치심으로 자살한다. "아이아스만큼 미쳤다"는 관용어가 있었다.
80. 14행시. 음절과 운韻 등 일정한 형식과 규칙에 맞추어 지은 시.

가져갔어, 바보가 보냈고, 아가씨가 받았어. 고마운 광대,
더 고마워하는 바보, 가장 고마운 아가씨. 정말로, 난
요만큼도 신경 안 써, 다른 세 사람이 사랑에 빠져도. 그중
하나가 종이를 들고 오는데, 그도 신음할 은총을 주소서.

베룬은 옆으로 비켜선다. 왕이 등장한다.

왕 아, 이런!
20 **베룬** 분명 맞았어, 고마운 큐피드 계속해, 작은 솜 화살로 왼쪽
가슴 아래를 맞혀 전하를 쓰러뜨렸네. 맹세코 비밀.

왕 그런 달콤한 키스는 황금빛 태양도,
장미 위 영롱한 아침 이슬에 아니 준다는,
그대 눈빛, 그 영롱한 빛이 내 뺨을 타고
25 흘러내리는 밤이슬에 부딪힐 때만큼은.
깊고 투명한 가슴골을 따라 비치는,
은빛 달도 그 절반도 빛나지 않으니,
내 눈물 따라 비추는 그대 얼굴만큼은.
내 흘리는 눈물방울마다 그대 빛나니,
30 모든 눈물방울 마차처럼 그대 실었소.
그러니 내 비애에 당당히 올라타시오.
내게서 넘쳐흐르는 눈물을 보시오,
내 고통 따라 그대의 영광이 보이리오.
그대 자신을 사랑하지는 말지어니
35 내 눈물 거울삼아, 날 계속 울릴 테니.

오, 여왕 중의 여왕, 그대의 빼어남은,

생각이 생각 못 하고, 인간 혀도 말 못 하는.

어떻게 이 슬픔을 알리지? 이걸 떨어뜨려.

달콤한 종잇장이 못남을 가리네. 누구지?

롱가빌 등장. 왕은 옆으로 비킨다.

뭐 롱가빌, 뭘 읽고 있네. 귀야 들어보자.   40

베룬 닮은꼴이, 바보가 한 명 더 나타난다.

롱가빌 아, 이런! 내가 맹세를 저버렸네.

베룬 위약자처럼 오는데, 종잇장들을 매달고.[81]

롱가빌 사랑을 원하니, 훌륭한 동료애가 수치로.

베룬 주정뱅이는 주정뱅이를 사랑한다고.   45

롱가빌 맹세 깨버리는 거 내가 첫 번째인 거?

베룬 내가 안심시켜 줄게, 알기론 두 명 더,

자네가 셋으로 만들고, 친목의 삼각모[82],

무지를 매다는, 사랑의 타이번[83] 모양이고.

롱가빌 이 단단한 라인이 움직이는 힘은 적을까.   50

오, 아름다운 머라이어, 내 사랑의 여왕아,

---

81. 당시에는 위약자의 몸에 죄목이 적힌 종이를 붙이는 형벌이 있었다. 연애시를 적은
종이 뭉치들이 롱가빌의 옷 사이로 보이는 것일 수도 있다.

82. 당시 교수나 학생은 모서리가 세 개인 챙 없는 모자를 착용하기도 했다.

83. 세 개의 기둥이 삼각형 모양의 틀을 받치는 교수대. 타이번(현재 런던 하이드파크
동북 문 지역으로 사람들의 왕래가 잦았던 공개 처형장)에서 사용되어 타이번 나
무라고도 한다. 동시 처형이 가능해 강력한 법을 상징하는 랜드마크가 되었다.

이 시들 찢어버리고, 산문으로 써야겠다.

베룬　　오, 운문은 악동 큐피드의 바지 장식이다,

그 업종을 망가뜨리지 맙시다.

롱가빌　　　　　　　　　이걸로 가. (소네트를 읽는다)

55 "세상 그 누구도 반론을 제시할 수 없다,

그대 눈이라는 그 천상의 수사법이,

내 가슴을 위약으로 이끌지 않았는가?

그대 때문에 깨진 맹세에 벌은 맞지 않지.

여자는 멀리하겠다 맹세했으나, 논하니,

60 그대는 여신, 그대는 포함되지 않으니.

내 맹세 속세의 것, 그대 천상의 사랑이니.

그대 은총 얻으면, 내 불명예도 치유되리.

맹세는 입김이고, 입김은 연기이고.

그대 아름다운 태양, 이 땅을 비추니,

65 그대 수중의 이 연기-맹세 증발시키고.

그리하여서 깨지면, 내 잘못이 아니지.

나로 인해 깨져도, 어떤 바보가 안 그러리,

맹세를 푸는 것은, 낙원을 얻는 것이니?"

베룬　　이게 연인 기질, 인간 몸을 신으로 만드네.

70 초록 거위, 여신, 순수한 순수한 우상숭배.

개신, 개신하소서, 저희 너무 엇나갑니다.

듀메인 등장.

롱가빌 누굴 통해 이걸 보내지 (사람?) 가만있어 봐.

베룬 꼭꼭 숨어라, 꼭꼭 숨어라, 큰애 놀이.

반신반인처럼, 난 여기 하늘에 앉지,

형편없는 바보들 비밀 유심히 살펴야지. 75

방앗간으로 포대를 더. 오, 소원이네,

듀메인도 변했길, 한 접시에 네 마리 도요새.[84]

듀메인 오, 최고로 성스러운 케이트여.

베룬 오, 최고로 세속적인 바보여.

듀메인 하늘에 맹세코 인간의 눈에는 경이. 80

베룬 땅에 맹세코 아니, 그냥 인간 몸, 거짓말쟁이.

듀메인 그 호박색 머리에 비하면 호박은 추하고.

베룬 호박색의 까마귀를 잘도 알아봤고.

듀메인 자세가 삼나무만큼 곧고.

베룬 　　　　　　　　　구부정하다 할게,

어깨에 애를 업고 있어.

듀메인 　　　　　　　대낮같이 환해. 85

베룬 대낮처럼 맞지, 해가 안 난 날이라면.

듀메인 제 소원이 이루어지면?

롱가빌 　　　　　　　제 소원도 이루어지면.

왕 그리고 제 소원도요 훌륭하신 하느님.

---

84. 쉽게 잡혀서 종종 바보에 비유되는 새.

베룬   아멘, 제 소원도 이루어지길. 이거 멋진 말 아님?

90 **듀메인** 그녀를 잊으려는데, 그런데 그녀라는 열병이,

　　　　　　나의 핏속에 군림하고, 기억되고자 하니.

베룬   핏속의 열병, 그럼 절개를 해서 그 여자가

　　　　　접시로 나오게 해야지, 오판이다.

듀메인 한 번 더 내가 쓴 시를 읽어봐야지.

95 **베룬**   한 번 더 사랑이 말재간 부리는 것 봐야지.

듀메인 (소네트를 읽는다)

　　　　　　"어느 날, 아아, 바로 그날이지.

　　　　　　항상 오월에 머무는, 사랑이.

　　　　　　빼어나게 아름다운 꽃을 보았다는,

　　　　　　장난스러운 바람결에 즐기고 있는.

100　　　　　벨벳 사이로, 바람이 떠나니,

　　　　　　보이지 않으나, 지나는 건 보이니.

　　　　　　연인은 죽음 같은 상사병에,

　　　　　　천상의 입김이 되고 싶다네.

　　　　　　바람결 (그 연인이 말하길) 그대 뺨에 불어 대네,

105　　　　　바람결 나도 그리 환희할진대.

　　　　　　그러나 아아, 손은 이미 맹세했고,

　　　　　　그대 왕좌에서 그대 꺾지 않겠다고.

　　　　　　맹세는 아아, 젊음에 맞지 않으니,

　　　　　　젊음은 예쁜 꽃을 따려 하나니.

110　　　　　그대로 말미암아 맹세를 저버리니,

그것을 내 죄라 부르지 말지니.

주피터도 그대 때문에 맹세를 하고,

주노[85]가 한낱 에티오피아인이라고,

그리고 스스로 신성을 거부하겠지,

그대 사랑 얻으려 인간이 되겠지."   115

이걸 보내고, 더 확실한 것도 보내겠다는.

내 진실한 사랑의 금욕적 고통을 표하는.

오, 전하와 베룬, 롱가빌도,

사랑에 빠졌길, 나쁜 건 나쁜 예로,

그럼 내 이마 위약자 딱지 없애는 건데.   120

다 사랑에 빠지면, 아무도 죄를 안 짓는데.

롱가빌 듀메인, 자네 사랑은 자비와는 머니,

사랑이 괴롭다고 친목을 갈구하다니.

창백해져도 돼, 나라면 낯을 붉히겠지만,

엿듣긴 데다가 이렇게 걸렸으니깐.   125

왕   자, 낯을 붉혀. 경의 경우도 마찬가지니.

듀메인 경을 책망해서, 죄는 두 배가 되지.

롱가빌, 머라이어 양을 사랑하지 않나?

그녀를 위해 소네트를 지은 적도 없다,

연모하는 가슴 위로, 팔짱을 비스듬히   130

끼고 마음을 진정시키려 한 적도 없지.

---

85. 여신. 주피터의 아내로 그리스 신화의 헤라에 해당한다. 궁정식 사랑시 장르는 전통적으로 하얀 피부의 여성을 이상화했다.

내가 이 덤불 속에 바짝 숨어있었어,

둘 다 지켜봤는데, 둘 다 낯을 붉혔어.

죄짓는 시도 다 듣고, 모양새도 관찰했어.

135 자네 지독한 한숨, 자네 격정도 보았어.

한 명은 아아, 내가! 한 명은 오, 주피터고!

그녀 머리는 금빛, 그녀 눈은 수정이고.

낙원을 얻기 위해 신뢰와 신의를 깨겠다,

그녀 위해 주피터 신도 맹세를 깬다.

140 그토록 열렬히 맹세한, 신뢰가 깨졌다.

베룬이 이걸 듣게 되면 뭐라고 말할까

얼마나 경멸하고, 언변을 늘어놓을지?

얼마나 으스대고, 깡충대며, 비웃을지?

어떤 일이 있어도 내가 본 것들을 다,

145 베룬이 그렇게 알지는 않았으면 한다.

베룬 이제 나가서 위선을 채찍질해볼까.

아, 전하, 절 용서해 주시기 바랍니다.

이런 무지렁이들을 왜 그리 질책하세요

전하가 사랑에 최고로 빠지셨으면서요?

150 눈물 속에 눈이 마차를 만들진 않으시죠.

나타나는 어떤 공주님도 안 계시고요.

위약자는 아니시겠죠, 혐오스러운 존재니.

쯧, 소네트 짓는 건 음유시인만 좋아하니.

그런데 부끄럽지 않으세요? 아니세요,

세 명이 모두, 그리 빗나가버리다니요? 155
경은 경의 티 찾고, 전하는 경의 티.
전 세 사람 모두에게서 들보를 찾았으니.[86]
오, 굉장한 어리석음의 장면을 제가 봤죠,
한숨과, 신음과, 슬픔과, 비탄이 말이죠.
오, 제가 얼마나 인내하며 앉아있었는지, 160
전하께서 모기로 변하시는 걸 보다니.
거대한 헤라클레스가 팽이를 치는 꼴,
진중한 솔로몬이 지그 연주하는 꼴.
네스토르[87]가 애들과 알-까기 하는 꼴,
비판자 타이몬이 하찮은 장난에 웃는 꼴. 165
어디가 괴로워요, 오, 듀메인 경, 말해줄래요?
또 점잖은 롱가빌 경, 어디가 고통스럽죠?
또 전하는 어디? 모두 가슴 언저린데.
여봐라, 미음!

왕   그 농담이 너무 쓴데.
경이 내려다보다니 우리 배신당한 거? 170

베룬 배신당한 게 아니고, 제가 배신당한 거.
정직한 저는, 죄로 여기고 있습니다
제가 서약한 맹세를 깨는 것 말입니다.

---

86. 누가복음 6.41 참조: "어찌하여 형제의 눈 속에 있는 티는 보고 네 눈 속에 있는 들보는 깨닫지 못하느냐."
87. 트로이를 공격한 그리스군에서 가장 나이 많은 장군.

175	쉽게 변하는 사람들이 모인 남자 무리와
	함께 지내다가 제가 배신당했습니다.
	제가 운문 적는 걸 보실 날 있으실까요?
	1분이라도, 촌닭 때문에 신음하는 건요?
	모습 다듬는 건요? 들으실 날이 있으실까요, 제가 손, 발,
	얼굴, 눈을 칭송하는 건요. 걸음걸이, 자세, 눈썹, 가슴,
180	허리, 다리, 팔.

왕 멈춰, 그렇게 빨리 어디로 가려고?

그리 달리면, 진실한 남자, 아니 도둑이란.

베룬 사랑에서 급히 빠진다는, 사랑꾼님, 전 이만.

[하녀] 자크네타, 광대 등장.

하녀 전하께 문안을.

왕 　　　　　그건 무슨 문서인가?

광대 일종의 반역.

185 **왕** 　　　　　이게 어떻게 반역이 되는가?

광대 아니, 아무것도 안 되죠.

왕 　　　　　　　아무것도 아니다.

그 반역과 함께 평화롭게 물러가거라.

하녀 부디 전하 이 편지를 읽어 봐주세요,

쓰인부님이 의심스럽데요. 반역이래요.

190 **왕** 베룬 다 읽어봐. (베룬이 편지를 읽는다) 저게 어디서 났느냐?

하녀 코스터드에게서.

왕	저게 어디서 났느냐?
광대	던 아드라마디오, 던 아드라마디오에게서.
왕	지금 왜, 베룬 무슨 짓이야? 그걸 왜 찢어?
베룬	장난이요 폐하, 장난. 염려하실 일 없어요.
롱가빌	분명 베룬을 흥분하게 했는데, 들어보죠.
듀메인	베룬 글씬데요, 여기 베룬 이름도 있고.
베룬	천한 돌대가리, 날 망신 주려 태어났고.
	유죄요, 전하 유죄. 고해하니, 고해하니.
왕	뭘?
베룬	세 바보가, 식탁에서, 저란 바보가 모자랐으니.
	듀메인, 롱가빌, 전하. 전하요, 그리고 저는,
	사랑 소매-치기들이니, 사형감이 맞다는.
	이 관람객들 물리치세요, 말씀드릴 테니.
듀메인	이제 짝이 맞네요.
베룬	그렇지, 그렇지, 넷이니.
	비둘기들 갈래?
왕	저리로 물러가거라.
광대	옳은 자 걸어 나가고, 반역자 머물러라.
베룬	멋진 전하, 멋진 연인들, 우리 껴안아요,
	피와 살을 나눈 이처럼 우린 진실하니,
	바다엔 간만이 있고, 하늘도 개개 마련이죠.
	젊은 피는 낡은 조항에 복종하질 않으니.
	우리는 태어난 원리를 거스르지 못해요.

195

200

[(광대, 하녀 퇴장)]

205

210

	그러니 전부 맹세를 저버릴 수밖에 없죠.
왕	이 찢긴 구절이 네 사랑을 보여주는 중?
베룬	과연? 천상의 로잘라인을 보는 이 중,
215	누가 (인도의 무식한 야만인도 그러한데)
	오색찬란한 동쪽 하늘이 처음 열리니,
	순종의 머리를 조아리며, 눈이 부심에,
	복종심에 천박한 땅에 입 맞추지 않을지.
	당당한 독수리 같은 눈이라 해도요
220	감히 그녀의 이마라는 천상을 보고,
	그 찬란함에 눈멀지 않을 수 없다죠?
왕	무슨 열정, 무슨 격정이, 영감을 주고?
	내 사랑 (공주가) 우아한 달님이다,
	그녀는 (위성이라) 거의 보이지 않는다.
225 **베룬**	제 눈 그럼 눈 아니고, 전 베룬 아닙니다.
	오, 그녀가 없으면, 낮이 밤이 됩니다,
	빼어나다고 선별된 모든 얼굴빛이,
	장터에 모이듯 아름다운 뺨에 모여 있죠,
	갖가지 가치가 하나의 기품을 만드니,
230	부족함이 찾는, 부족함이 아무것도 없죠.
	고상한 말솜씨 미사여구 다 빌려주세요,
	수사학적 채색, 그녀에겐 필요 없죠,
	팔려는 물건에나, 장사꾼의 칭찬이 붙죠.
	칭찬을 초월하니, 짧은 칭찬은 수치죠.

백 번의 겨울을 넘긴 쇠약한 은둔자도,   235
그녀 눈을 보면, 오십 년을 떨쳐냅니다.
다시 태어난 듯, 미美는 나이에 빛을 주고,
지팡이에 요람의 유년기를 부여합니다.
오, 만물을 빛나게 하는 태양이어라.

왕 맹세코, 그대의 그녀는 흑단처럼 까맣다.   240
베룬 흑단이 그녀 같다? 오, 거룩한 단어라!
그런 나무와 같은 아내는 축복입니다.
오, 누가 주재하시겠어요? 성경책이 어디?
그녀의 눈에서 배우지 못한 미인은,
미가 부족하다고 제가 맹세하겠으니.   245
그리 검지 못한 얼굴은 아름답지 않다는.

왕 오, 역설, 검은색은 지옥의 표식이지,
지하 감옥의 색이고, 어두운 밤 학교다.
아름다움의 심벌은 천국과 어울리니.

베룬 빛의 정령인 척 악마가 유혹을 잘합니다.   250
그녀 이마가 검정으로 덮여있는 건요,
분칠한 가발이 거짓된 모습으로요
연인을 홀리는 것을, 애도하기 위해서죠.
검정을 아름답게 하려고 태어났다고요.
그녀 모습이 시대의 패션을 바꾸죠,   255
요즘은 자연 혈색도 분칠로 간주되지만.
여하튼 붉은 낯도 비난을 피하려고요,

그녀 이마를 흉내 내, 검정 분칠하는 거란.

듀메인 그녀처럼 보이려면 굴뚝 청소부 검정에.

260 **롱가빌** 그녀 이후론 광부도 밝다고 간주되니.

왕 에티오피아인도 멋진 안색을 뽐내.

듀메인 어둠도 촛불이 필요 없죠, 어둠이 밝으니.

베룬 여러분의 그녀들이 비를 못 맞는 것은,

화장 색이 씻겨 나갈까 봐 두려워서다.

265 **왕** 그녀는 괜찮아 좋겠다. 솔직히 말해 나는,

오늘 안 씻어도 더 아름다운 얼굴을 찾아.

베룬 아름다움 증명, 최후-심판까지라도 하죠.

왕 어떤 악마도 그녀만큼 무섭지는 않겠다.

듀메인 흉한 걸 저렇게 아끼는 사람 처음 봐요.

270 **롱가빌** 여기, 자네 사랑, 내 발, 그녀 얼굴 봐봐.

베룬 오, 길이 자네 눈알로 포장되어 있어도,

그녀 발은 너무 얌전해서 못 밟고 가.

듀메인 오, 흉해, 지나가면 위로 뭐가 보이고?

지나가는 동안 길바닥이 봐야 하잖아.

275 **왕** 가만 왜들 이리, 다 사랑에 빠진 거 아닌가?

베룬 그보다 확실한 건 없죠, 다 맹세를 저버렸다.

왕 그럼 이런 잡담 그만두고, 베룬 증명해봐

우리 사랑이 합법적이고 신의도 괜찮나.

듀메인 그거 좋네요, 이 잘못에 일종의 미화 같은.

280 **롱가빌** 일종의 권위를 앞으로 어찌해야 하는지,

일종의 묘책, 일종의 틈새, 악마를 속이는.

듀메인 위약에 대한 어떤 고비狗脊.[88]

베룬   오, 정말 필요하지.

이런 거죠, 자, 연애의 용사 여러분,

처음 무엇에 맹세했나 생각해보죠.

단식하기, 공부하기, 여자 보지 않기.   285

제왕다운 젊음에 대한 완전한 반역죄.

봐요, 금식이 돼요? 배가 혈기 왕성한데.

심하게 절제하니 병마들이 일어나죠.

그리고 공부 맹세한 건 어디에 (여러분)

그래 놓고 하나같이 책을 멀리하고 있죠.   290

이제 상상, 연구, 그리고 관찰이 될까요.

언제 말이죠, 여러분, 전하, 경도, 경도,

훌륭한 공부 터전 찾아냈겠습니까,

여자 얼굴의 아름다움이 아니었다면?

여자 눈으로부터 얻은 제 교훈이니,   295

여자 눈이 학문의 전당, 책, 터전입니다,

거기서 진짜 프로메테우스[89] 불길이 솟죠.

아니, 쉬지도 않고 공부만 해대는 건

동맥의 민첩한 기운을 독살하는 겁니다,

움직임과 쉼 없이 계속되는 활동이   300

---

88. 3막 1장의 "고비" 설명 참조.
89. 인간에게 신들의 독점물인 불을 훔쳐서 준 신.

여행객의 근육 체력도 지치게 하잖아요.
자, 여자의 얼굴을 안 본다는 것은,
시력의 사용을 저버린다는 것이니,
맹세의 목적인, 공부도 저버리는 것.
305 이 세상 어디에 그런 작가가 있겠습니까,
여자의 눈 같은 아름다움을 가르쳐 줄.
배움은 그저 우리에게 부수물일 뿐,
우리가 존재하는 곳에, 배움이 존재하죠.
여인의 눈에서 우리 자신이 보인다면,
310 우리 자신이.
거기서 배움도 또한 보이지 않을까요?
오, 공부하기로 맹세했잖아요, 여러분,
그런 맹세에도 우리는 책을 멀리하니.
언제 말이죠, 여러분, (폐하,) 경도, 경도?
315 납빛 묵상 속에서 그런 불타는 시들을
찾아냈겠습니까, 아름다운 선생들의
호소력 있는 눈이 불을 지피지 않았다면.
다른 지루한 학문은 뇌를 틀어막아요.
그래서 그걸 써먹으려 하는 이는 힘들고,
320 수고한 노력의 수확물도 거의 없지요.
그런데 여인의 눈에서 처음 배운 사랑은,
뇌 속에 틀어박힌 채 혼자 있지를 않아요.
거센 비바람이 몰아쳐 움직임에 따라,

온몸 구석구석으로 생각처럼 질주해,

모든 능력에다 두 배의 능력을 주는데, 325

본래의 기능과 역할을 넘어서게 하죠.

눈에는 진귀한 시력을 보태어 주지요.

연인의 눈이 쳐다보면 독수리도 눈멀고.

도둑질하는 수상한 자가 멈추어도

연인의 귀는 가장 작은 소리를 듣는다는. 330

사랑의 감정은 더 보드랍고 섬세하죠,

껍데기 달팽이의 연약한 뿔보다 더.

사랑의 혀 풍미엔, 바커스[90] 미각도 별로,

용맹으론, 사랑이 헤라클레스 아닌가요?

여전히 헤스페리데스[91] 나무를 오르고 있으니. 335

스핑크스처럼 오묘하고, 그 금발로 줄을 댄,

빛나는 아폴로[92] 류트[93]처럼, 달고 음악적인.

사랑이 입을 열면, 모든 신들의 목소리가,

그 화음으로 천상을 나른하게 만드니.

시인은 감히 글 쓰겠다 펜을 잡지 않겠죠, 340

사랑의 한숨이 잉크와 섞이기 전까지는.

오, 섞이면 야만의 귀도 그 시에 열광하고,

---

90. 포도주의 신.

91. 황금 사과를 지키는 그리스 신화의 여신들. 헤라클레스의 열한 번째 과업이 황금
    사과를 따오는 것이었다.

92. 음악의 신. 태양, 예술, 궁술, 의술의 신이기도 하며, 아름다운 금발로 묘사된다.

93. 만돌린과 비슷하게 생긴 오래된 현악기. 16세기 유럽에서도 유행했다.

온화한 겸손을 폭군에게도 심을지니.

여자 눈으로부터 얻은 제 교훈이니,

345 　그 눈엔 프로메테우스 불꽃이 튀고,

여자 눈이 책, 예술, 학문의 전당이죠,

세상 전부를 보여주고, 담고, 살찌우는.

이렇게 탁월한 건 세상에 또 없습니다.

그러니 바보죠, 여자를 보지 않는다면.

350 　맹세를 지키겠다고 해도, 바보 증명이고.

지혜 위해, 모두가 사랑하는 단어인.

혹은 사랑 위해, 모두를 사랑하는 단어인.

혹은 남자 위해, 이런 여자들의 작가인.

혹은 여자 위해, 우리 남자가 남자 되는.

355 　우리 자신을 찾기 위해 맹세를 풀어요,

아니면 우리 자신을 잃으니, 맹세 지키려다.

맹세를 저버리는 게 그래서 신심信心입니다.

자비 그것이 신의 섭리를 이룹니다.

누가 자비에서 사랑을 가를 수 있습니까.

360 **왕** 　성聖 큐피드여, 그렇다면 용사들은 진격.

베룬 　군기를 앞세우고, 그들을 향해 여러분,

빨리, 섞어, 깊숙이 함께. 그런데 주의 사항,

전투 중엔 상대가 태양을 봐야 합니다.

롱가빌 이제 분명히 하죠, 둘러대기 그만하고,

365 　이 프랑스 여자들에게 구애하는 건가요?

왕　또 얻기도 해야지, 그러니 고안해 보자고,

그들을 위한 막사에서의 어떤 접대를.

베룬　우선 장원에서 막사로 데리고 가죠.

자신의 아름다운 여인의 손을 맞잡고

숙소를 향해, 그리고 오후에는 말이죠　　　　　　370

어떤 기발한 놀이로 위안을 해주고.

모자란 시간이 빚을 수 있는 그런 걸로,

연회, 춤, 가면극, 그리고 즐거운 시간들은,

그녀의 아름다운 사랑 길목에, 꽃 뿌리기.

왕　가자, 가자, 어떤 시간도 놓쳐선 안 돼,　　　　　　375

때는 올 테니 시간을 적절히 보내야 해.

베룬　홀로 홀로 잡초 뿌렸으니, 수확이 없고,

또 정의는 항상 똑같이 돌아가고 있잖아.

가벼운 계집이 맹세 깬 남자 역병으로,

우리 구리 돈으론 더 나은 보물을 못 사.　　　[(모두 퇴장)]　380

5막

1장

현학자 [홀로퍼니즈], 보좌신부 [나싸니얼], [보안관] 덜 등장.

홀로퍼니즈 *사티스 퀴드 수피킷.*[94]

나싸니얼 선생님이 계신 것에 하느님께 감사드리니, 식사 때
선생님의 이성은 날카롭고 묵직했었지요. 상스럽지 않으
면서 재미있고, 과장되지 않으면서 재치 있고, 무례하지
5   않으면서 대담하고, 사견 없이 박식하고, 이단은 아니면서
기발한. 요전 날 제가 왕의 일행과 이야기를 했는데,
이름하여, 칭해지길, 혹은 불리길, 돈 아드리아노 데
아르마토라.

홀로퍼니즈 *노비 호미넴 탕꽴 테,*[95] 그의 기질은 거만하고, 그의
10   담론은 독단적이죠. 그의 혀는 기교적이고, 그의 눈엔
야욕이 있고, 그의 걸음은 장대하고, 그의 대체적인 행동이
허황되고, 우스꽝스럽고, 허풍 떤다는. 세련되다고 하기엔,
너무 다듬었고, 너무 꾸민 게, 튄다고, 너무 편력했다고
표현할까요.

15 **나싸니얼** 최고로 뛰어나고 적절한 칭호. (수첩을 꺼낸다)

---

94. *Satis quod sufficit*(충분한 건 충분합니다)의 틀린 라틴어 표현으로 추측된다.
95. 라틴어 *Novi hominum tanquam te*(당신과 같이 알고 있어요). 당시 라틴어 문법 교
    과서에 실린 표현이다.

홀로퍼니즈 논지의 줄기보다 더 가늘고 길게, 자신의 장황함의

가닥을 풀어나가고. 저는 그런 광신적 몽상가들을 혐오

하지요, 그런 비사교적이고 지나치게 시비를 따지는 자들,

그런 영어 철짜법[96]의 곡용자들, 예를 들어 "다우트"가

좋다, "다웁트"라 해야 하는데, "데트", "뎁트"라 발음해야   20

하는데, d, e, b, t죠, d, e, t가 아니고. "칼프"를 "카프"라

하고. "할프", "하프." "네이그버" *워카투르*[97] "네이버."

"네이그"를 줄여 "네이." 이런 건 "어브호미너블"합니다,

"어보미너블"이라 하겠지만,[98] 혐오스럽습니다. *네 인텔리*

기스 도미네,[99] 정신없는 것을 정신 나간 것으로 만든다는.   25

나싸니얼 *라우스 데오, 베네 인텔리고*[100]

홀로퍼니즈 *보메 보온 포르 보온 프레스키안*[101], 약간 흠이, 뜻은

통하나.

허풍선이 [아르마도], 시동, [광대] 등장.

---

96. "철자법"의 착오.

97. 라틴어 *vocatur* (...이다).

98. 영어 "doubt(의심)"와 "debt(빚)"의 "b", "calf(송아지)"와 "half(반)"의 "l", "neigh-
bour(이웃)"와 "neigh(말이 울다)"의 "gh", "abominable(끔찍한)"의 (지금은 탈락
된) "h"를 예로, 당시 혼용되고 있던 영어 철자와 발음(묵음) 규칙에 대한 견해를
밝히고 있다. 모든 철자를 발음하자는 홀로퍼니즈 견해는 전통적 입장에 가깝다.

99. 라틴어 *ne intelligis domine* (이해가 안 되나요).

100. 라틴어 *laus deo, bene intelligo* (하느님께 찬양을, 이해가 잘 됩니다).

101. 원문은 *Bome boon for boon prescian*로, 잘못된 라틴어인 듯. 그런데 정작 홀로퍼니
즈가 나싸니얼 신부의 라틴어 흠을 지적하고 있다.

나싸니얼 *위데스 네 퀴스 웨닛?*[102]

30 **홀로퍼니즈** *위데오, 엣 가우데오.*[103]

아르마도 리보시요.

홀로퍼니즈 *콰리* 리보시요, 이보시요가 아니고?

아르마도 평화의 상징들 잘 만났습니다.

홀로퍼니즈 최고로 군인다운 인사이십니다.

35 **시동** 위대한 말 잔치에 갔다가, 부스러기들 훔쳐 온 사람들이란.

광대 오, 저들은 말 부스러기들 바구니로 오래 먹고살았지. 네
주인이 너를 말이라며[104] 안 잡아먹은 게 놀라워, 머리까지
해도 "아노리피카빌릴투디니타티부스"[105] 길이도 안 되는데.
불붙인 브랜디에 띄운 건포도 먹기 게임보다 쉽잖아.

40 **시동** 쉿, 이러쿵저러쿵 시작된다는.

아르마도 선생님, 글을 아시지 않는지?

시동 네, 네, 아이들에게 글자-판 가르치세요. A, b를 거꾸로
적고 머리에 뿔 난 건 뭘까요?

홀로퍼니즈 "Ba바", *푸에리키아*[106]인데 뿔이 난.

45 **시동** "바"라고 우는 최고로 멍청한 양, 뿔이 난. 저분 식견
들으셨죠.

---

102. 라틴어 *Vides ne quis venit* (누가 오고 있는지 보이세요)?
103. 라틴어 *Video, et gaudio* (보고 있습니다, 잘).
104. 시동의 이름인 "모트"에는 "말語"이라는 의미도 있다.
105. 원문은 honorificabililtudinitatibus(명예를 얻을 수 있는 상태)로 셰익스피어 작품
    에 등장하는 가장 긴 단어로 유명하다.
106. 라틴어 *puericia* (아이).

홀로퍼니즈 퀴스 퀴스,[107] 요 자음밖에 안 되는?

시동 다섯 개의 영어 모음을 읊으시면 마지막 모음은, 제가
하면 제5 모음.

홀로퍼니즈 읊어보지. "a에이, e이, I아이".　　　　　　　　　　　50

시동 "The Sheep". 나머지 두 개가 매듭짓네요, "o오, u유".[108]

아르마도 바로 지중해 바다에 맹세하는데, 훌륭한 솜씨, 재치의
재빠른 일격, 싹둑 자르기, 재빨리 명중, 내 지력에 희열을
주는, 진정한 재치.

시동 아이가 노인에게. 즉 노-재치에 주는 거죠.　　　　　　　55

홀로퍼니즈 무슨 비유야? 무슨 비유야?

시동 뿔.

홀로퍼니즈 논변이 아이 같고. 가서 팽이나 쳐라.

시동 하나 만들게 뿔 빌려주세요, 선생님의 오명을 우누
키타[109] 후려칠게요, 오쟁이 진 남자[110]의 뿔로 만든　　　60
팽이 말이어요.

광대 나한테 진짜 1페니라도 있었으면 생강과자 사 먹으라고
줄 텐데. 잠시만, 네 주인이 준 그 후사가 있어, 요 반
페니 지갑 같은 재치, 요 비둘기-알 같은 분별력. 오,
하늘이 기뻐하셔서, 요 사마귀가 내 사생아라면, 이　　　65

---

107. 라틴어 *quis* (누가).
108. 영어 모음은 a, e, i, o, u다. "I the sheep(나는 양)"과 "Oh, you(오, 당신)"라는 표
현이 되도록 시동은 지금 홀로퍼니즈 말을 끊으며 장난을 치고 있다.
109. 원문은 *unū cita*로 '한번 재빠르게'를 뜻하는 라틴어인 것 같다.
110. 바람난 아내를 둔 남자.

아비를 얼마나 기쁘게 할까? 정말, 사람들 말대로,
*야드 둥길*¹¹¹ 손가락 끝까지 재치가 있네.

홀로퍼니즈 오, 잘못된 라틴어 냄새, *둥헐*이라니 *웅구엠*¹¹²인데.

아르마도 *아를스만 프레암불랏,*¹¹³ 우리는 야만인들과는

70   분리되어서 가야. 선생님은 저 산 정상의 사택에서
        연소자들을 가르치시지 않으세요?

홀로퍼니즈 혹은 몬스 즉 언덕이라고도.

아르마도 선생님 좋으신 쪽으로, 산 말이죠.

홀로퍼니즈 그러지요, *상 케스티옹.*¹¹⁴

75 **아르마도** 선생님, 전하의 최고로 아름다운 뜻과 기쁨이, 공주님을
        공주님 막사에서 환영하는 것입니다, 오늘의 *포스테리*
        *오르스*¹¹⁵에, 무식한 군중들이 오-후라고 부르는 그때.

홀로퍼니즈 정오 이후 대신 *포스테리오르*에, 최고로 관용적이고,
        적절하고, 알맞고, 어울립니다. 단어가 잘 선별되었고,

80   선택되었고, 아름답고, 탁월함이 기똥차며, 기똥찹니다.

아르마도 선생님, 전하는 고귀한 신사이시고, 저와 막역지간으로,
        기똥찬 좋은 벗입니다. 우리 내부에 오가는 건, 넘어가지요.

---

111. 엉터리 라틴어 *dungil*을 홀로퍼니즈가 이어서 *dunghel*이란 비슷한 소리로 말하는
    데, dunghill(똥 더미, 더러운 곳, 타락한 상태)이란 영어 단어를 연상시킨다.
112. 라틴어로 *ad unguem*이라고 하면 손톱까지라는 뜻이 된다.
113. 영어 *Arts-man*(학자)과 라틴어 *preambulat*(앞으로 가다)을 전부 라틴어 식으로 발
    음한 것 같다. 영어 ass man(색마)이 생각나게 한다. 영어로 ass는 당나귀이다.
114. 프랑스어 *sans question*(당연히).
115. 원문은 *posteriors*. 영어 posterior(뒤쪽, 엉덩이)가 생각난다.

매너는 부디 지키시길 당부합니다. 무언가 착용하시길
당부합니다. 여러 중요하고 최고로 긴요한 형태 중에 정말
거하게 중대하기도 한데. 여하튼 넘어가지요, 전하가 (세상   85
에나) 가끔 제 가냘픈 어깨에 기대시어, 그분의 존귀한 손
가락으로 제 분출물, 제 콧수염을 만지작거리는 걸 즐거워
하신다고 말씀드려야 하니. 여하튼 자기야 넘어가지요. 세상
에나 지어낸 이야기가 아니고, 세상을 둘러본 여행자이며,
군인인 아르마도에게 어떤 특별한 영광을 내리시는 것이   90
위대하신 전하의 즐거움이시죠. 여하튼 넘어가지요, 무엇
보다도 이겁니다. 여하튼 자기는, 부디 비밀을 지켜주셔야
하는데, 전하가 저보고 공주님(귀여우신 분)께 어떤 기분
좋은 구경거리나, 볼거리, 가장행렬, 익살극, 불꽃놀이를
보여드리라고 하셨다는. 신부님과 자기가, 제가 말하는   95
그런 분출, (말하자면) 쾌감 폭발에 능하시니까 참작해서,
목적 달성을 위해 조력을 부탁드리고자, 알려 드리는 거란.
홀로퍼니즈 공주님께 아홉 영웅[116]을 보여드리시지요. 시간을
보낼 어떤 접대, 오늘 후반부에 있을 어떤 공연, 왕명에
대한 우리 조력으로 제공될, 이 최고로 늠름하고 탁월   100

---

116. 중세 문학에서 기사도 정신의 원천으로 중요하게 다루었던 아홉 명(Nine
Worthies)으로 헥토르(트로이 전쟁 영웅), 줄리어스 시저(로마 정치가), 알렉산더
대왕, 여호수아(이스라엘 지도자), 다윗(이스라엘 왕), 유다스 마카바이오스(유대
인 지도자), 아서 왕, 샤를마뉴 대제, 고드프루아 드 부용(십자군 지도자)이다. 그
삶을 공부하고 우러러봐야 하는 "왕자님들"이라고도 표현되었다. 홀로퍼니즈는
헤라클래스와 폼페이우스(로마 정치가, 장군)를 대신 포함시키고 있다.

하고 박식한 신사가, 공주님 면전에서. 아홉 영웅을
보여드리는 것만큼 알맞은 것은 없다고 말씀드리지요.

나싸니얼 그 영웅들을 보여주기에 충분한 가치를 지닌 사람들을
어디에서 찾지요?

105 **홀로퍼니즈** 여호수아는, 신부님이, 저 자신, 이 늠름한 신사가
유다스 마카바이오스, 이 촌놈이 (늘어진 게 혹은 뼈마디가
거대하니) 대 폼페이우스를 하고, 시동이 헤라클레스.

아르마도 죄송한데 선생님, 오류가. 이 아이는 그 영웅의 엄지
손가락 크기도 안 되는데, 헤라클레스 몽둥이 끝에도 못
110 미치고.

홀로퍼니즈 들어보시겠지요? 그 아이는 헤라클레스가 작았을
때를 보여줄 것입니다. 등장과 퇴장이 뱀을 목 졸라서
죽이기.[117] 그걸 위해 제가 양해문을 준비하지요.

시동 탁월한 계획. 관중 중 누군가 야유해도, "잘한다,
115 헤라클레스 이제 뱀을 죽여 버려"라고 외치시면 되니.
잘못을 완화하는 방법이죠, 그렇게 만회할 수 있는
이는 몇 안 되지만.

아르마도 나머지 영웅들은요?

홀로퍼니즈 제가 직접 세 역할을 하구요.

120 **시동** 세 배 값어치를 하시는 분.

아르마도 하나만 말해도 될까요?

홀로퍼니즈 듣고 있습니다.

---

117. 헤라클레스는 요람에 누워있던 어린 시절 뱀 두 마리를 목 졸라 죽였다고 한다.

아르마도 만약에 이게 잘 안되면, 익살극이 되겠다는. 부디
따라오시지요.

홀로퍼니즈 *위아*[118] 덜 양반, 지금까지 내내 한마디도 하지   125
않았다는.

보안관 하나도 알아듣지 못했습니다, 선생님.

홀로퍼니즈 단독으로, 공연에 써보지요.

보안관 춤이나 그런 거, 한몫해 보죠. 아니면 영웅들에게
작은북을 쳐줘서, 빙글빙글 춤추게 해주던가.   130

홀로퍼니즈 최고인 덜, 우직한 덜, 우리 오락거리로. 가자고.   (모두 퇴장)

---

118. 라틴어 *via*(자, 용기를 돋우거나 화제를 바꾸기 위해 사용하는 부사).

2장

여자귀족들 등장.

공주 얘들아, 떠나기 전에 우리 부자 되겠어,
선물들이 이렇게 많이 들어오다니.
다이아몬드로 둘러싸인 여인이라. 다들 봐봐, 친애하는
전하로부터 내가 받은 것.

5 **로잘라인** 공주님, 다른 건 아무것도 안 왔어요?

공주 아무것도 없어. 있다, 사랑을 잔뜩 쓴 시,
종이 한 장에 가득 구겨 넣어 가지고
양면으로, 여백 등에 글을 써 가지고,
황송스럽게 큐피드 이름 위에 봉랍한.

10 **로잘라인** 그게 그 신을 키우는 방법이었네요,
5천 년 동안 아이로 있었으니까요.

캐서린 맞아 못돼먹은 교수형 감이라고.

로잘라인 너와는 친할 수 없지. 언니를 죽였으니.

캐서린 우울하고, 슬프고, 무겁게 만들어서,

15 언니가 죽었지. 너처럼 가벼웠으면, 아주 즐겁고 신나고
재빠른 영혼, 언니도 할머니 되고 나서 죽었어. 넌 그럴
거고. 가벼운 마음은 오래 사니까.

로잘라인 이 가벼운 말의 어두컴컴한 뜻은 귀염아?

캐서린 까무잡잡한 미인의 가벼운 성질.

로잘라인 네 뜻을 이해하려면 빛이 더 환해야겠다. 20

캐서린 불탄 심지 자르려다 불빛 꺼뜨리겠어.

그래서 난 논쟁을 컴컴하게 끝내려고.

로잘라인 네가 하는 짓 봐, 여전히 컴컴한 데서 하지.

캐서린 그래, 넌 아니지, 가벼운 계집이니까.

로잘라인 너만큼 무게가 중하진 않아, 가벼워. 25

캐서린 날 중하게 여기지 않지, 오, 관심이 없지.

로잘라인 그렇지. 관심 밖, 여전히 치유 밖이니.

공주 둘 다 잘 치고받네, 재치 한 세트 잘 쳤어.

그런데 로잘라인, 너도 선물 받았지?

누가 보냈어? 뭐야?

로잘라인 알려 드리려고요. 30

제 얼굴이 공주님처럼 아름다우면,

제 선물도 굉장하겠죠, 이것 보세요.

아니 저도 시 받았어요, 베룬 경에게 감사,

운율은 맞고, 내용도 마찬가지로 맞다면,

제가 지상에서 가장 아름다운 여신이란. 35

제가 2만 명의 미인들과 비교되네요.

오, 편지에 제 모습을 묘사해 놓았어요.

공주 뭘 닮았다던가?

로잘라인 글자는 빼곡한데, 내용상으론 아무것도.

공주 잉크색과 같이 어여쁜. 적절한 결론. 40

캐서린 습자 교본의 글자 B 정도로 아름다운.

로잘라인 글자 조심, 뭐라고? 난 빚지곤 못 죽는데.

너는 불그스레 주일 자국, 금색 글자네,

얼굴이 그리 O투성이가 아니면 좋은데.

45 **공주** 농담이 염병, 입 저질 여자는 질색인데.

캐서린 넌 듀메인 경으로부터 뭘 받았어?

캐서린 공주님, 이 장갑이요.

공주   양쪽을 안 보낸 거?

캐서린 보냈지요, 공주님. 그리고 더해서요,

진실한 연인의 시라는 것 수천 줄 하구요.

50 위선에 대한 어마어마하게 긴 해설시,

구질구질 엮었는데, 극심한 어리석음이.

머라이어 이거랑, 이 진주, 롱가빌 경께 받았어요.

편지는 반 마일 정도로 너무 기네요.

공주 그런 것 같았어. 속으로 바라진 않고

55 목걸이가 더 길고, 편지가 짧았으면 하고?

머라이어 맞아요, 이 두 손이 안 떨어질 정도로.

공주 사랑에 빠진 자 놀리는 우린 현명한 여자.

로잘라인 놀림을 사는 그분들은 심각한 바보다.

그 베룬 경을 떠나기 전까지 괴롭힐 거다.

60 오, 매주 걸려드는 낌새만 보이면요,

아양 떨고, 애원하고, 구걸하게 할 거예요,

때를 기다리게 하고, 시기를 엿보게 하고,

소득 없는 시에 소모성 재치를 쓰게 하고,

제 계획에 그분이 완전히 맞추도록 하고,

제가 그 익살 좋아하면 좋아하게 만들고,   65

그래서 무엇인 양 그 사람을 지배해서요,

그분은 제 광대, 전 그의 운명이 되는 거죠.

공주 재간꾼 바보 되고, 지혜 속 우매함 부하해,

잡히면, 그렇게 꽉 잡힐 존재가 없다네.

지혜가 보증하지, 학문이 일조하지,   70

재간꾼 장식이 유식한 바보를 장식하지.

로잘라인 근엄함이 방탕을 외치고 일어났을 때,

젊은 혈기도 아주 과하게 끓게 되는데.

머라이어 바보짓도 그런 눈에 띄는 딱지는 안 달지,

재간꾼이 혼이 나가, 지혜가 우매해지니.   75

그런 때는 모든 힘을 기울여서 말이죠,

재간꾼이 무지의 가치를, 증명하려 들죠.

보이예트 등장.

공주 보이예트 경이 오는데, 얼굴에 웃음이.

보이예트 오, 웃겨 죽겠다는, 공주님은 어디 계신지?

공주 무슨 소식이죠?

보이예트   준비, 공주님, 준비하시지요.   80

무장, 아가씨들, 무장, 접전이 다가와요,

평화를 깰 사랑이 접근 중이란, 변장한 채.

논쟁으로 무장을 해, 습격당하실 텐데.

재간을 맞대고, 방어에 나서시던가,

85 아니면 겁보처럼 머리를 덮고, 도망이나.

공주 성^聖 드니¹¹⁹ 대 성^聖 큐피드. 도대체 누구죠,

우리에게 설전을? 고하시죠, 정찰병, 고하시죠.

보이예트 단풍나무 시원한 그늘 아래에서입니다,

반 시간 정도 눈을 붙이려고 했습니다.

90 하, 제 준비된 휴식을 방해하려고요,

왕과 그 동료들이 경계하면서 말이죠,

그 그늘로 다가오는 걸 보았습니다,

저는 그 근처 덤불로 몸을 숨겼지요,

그리고 들었는데, 지금 들으실 것 말이죠.

95 곧 변장을 하고 여기로 올 것입니다.

그들의 전령은 아주 영악한 시동입니다.

자신의 임무를 잘도 외우고 있습니다.

그들이 몸짓과 억양도 가르쳤습니다.

이렇게 말해라, 이렇게 행동해야 한다.

100 이따금 시동을 못 미더워하긴 했었죠,

공주님 앞에서는 당황할까 싶어서요.

왕이 말했죠, "천사를 만나게 될 것이다.

두려워하지 말고 당당히 말하거라."

꼬마가 대답하길, "천사는 악하지 않죠.

---

119. 프랑스의 수호성인.

공주님이 악마였다면 무서워했겠죠."
그 말에 모두 웃으며, 어깨를 두드려 주고,
대담한 놈 더 대담한 칭찬으로 세우고.
한 명은 팔꿈치를 만지며, 웃고, 야유하고,
더 나은 말솜씨를 들어본 적이 없다고.
또 한 명은 손가락을 튕기면서 소리치고,   110
"*위아*120 우린 맞설 테니, 올 테면 와라"라고.
세 번째 사람은 "다 잘돼 간다"며 깡충대고.
네 번째 사람은 발끝으로 돌다, 넘어지고.
그리고 모두 땅에 데굴데굴 구르면서,
어찌나 격하게 웃던지 너무 심해서,   115
이 어이없는 감정의 도가니 속에서,
우매함을 멈추려 숙연한 눈물까지 보여서.

공주   그런데, 그런데, 우리를 보러 온다고요?

보이예트   그렇죠, 그렇죠. 그 복장이 말이지요,
모스크바, 러시아 사람이라고나, 할까요.   120
목적은 뵙고, 구애하고, 춤추는 것이다,
모두 다 각자의 애정-상대에게 다가가,
각자의 여인에게 말이죠. 상대방은
각자가 부여한, 선물로 식별한다고 하는.

공주   그래요? 그 사나이분들을 시험대로 다.   125
얘들아, 우리 모두 다 가면을 착용하자,

---

120. 4막 3장 마지막 부분 각주 참조.

그들 중 한 명도 승낙받는 사람 없는 거다
얼굴 보여 달라고 청원해도 안 되는 거다.
애, 로잘라인, 이 선물을 네가 하는 거야.
130 그럼 왕이 그녀라면서 네게 구애할 거야.
애, 너 이걸 해야지, 네 것을 내게 줘야지,
이렇게 해야 베룬 경이 날 너로 여기지.
너희도 두 선물을 바꿔, 그래야 그 둘 다
반대로 구애를 하지, 바꿔치기에 속아.

135 **로잘라인** 그럼 어서, 선물들을 보이게 착용해요.

캐서린 그런데 이렇게 바꿔치기하는, 의도는요?

공주 나의 의도는 그분들의 의도를 꺾기.
재미있게 장난조로 하려는 거겠지,
장난은 장난으로 대한다가 내 의도니.
140 그분들 이런저런 마음을 털어놓겠지,
상대를 착각해, 재밋거리가 되는 거지.
그 다음번에 말이야 다시 만났을 때,
얼굴을 드러내놓고 인사하고 얘기할 때.

로잘라인 그분들이 원하면 춤은 출까요, 어떻게?

145 **공주** 아니, 죽어도 한 발자국도 움직여선 안 돼.
그분들이 쓴 연설에 호의를 보여도 안 돼.
듣는 동안 각자 얼굴을 외면해버려야 해.

보이예트 아니, 냉대는 화자의 가슴을 죽입니다,
기억력과 암기한 부분을 갈라놓습니다.

공주　그러니까 한다고요, 저는 확신해요,　　　　　　　　　　150

　　　한 명 끝장나면, 나머진 엄두도 안 내겠죠,

　　　그런 오락이 없죠, 오락을 오락으로 싹.

　　　그들 오락은 우리 오락, 우리 건 우리 오락.

　　　그러니 재미를 위한 사냥 계속해 볼까요,

　　　재밋거리가 되고 망신당해 퇴각한다죠.　　(나팔이 울린다.)　155

보이예트　나팔 소리, 가면을, 가면 쓴 자들이 옵니다.

　　　　　　연주하는 흑인-무어인들, 대본을 든 시동,
　　　　　　변장한 왕과 나머지 귀족들 등장.

시동　"만세, 지상에서 가장 값진 미인들이시여."

베룬　값비싼 태피터[121]만큼 값진 미인들이시지.

시동　"최고로 아름다우신 숙녀분들의 성스러운 무리여, 인간에게

　　　등을 돌리셨던."　　(여자귀족들이 시동에게 등을 돌리고 돌아선다.)　160

베룬　눈을 이놈아, 눈을.

시동　"인간에게 눈을 돌리셨던.

　　　밖으로"

보이예트　그렇지, 밖으로.

시동　"밖으로 호의를 베풀어 천상의 기운으로　　　　　　　　165

　　　아니 봐주시지요."

베룬　한 번 봐주시지요, 자식아.

시동　"한 번 봐주시지요, 그 해님 웅숭깊은 눈으로,

---

121. 광택이 있는 빳빳한 견직물. 가면을 만드는 데 쓰였을 수 있다.

　　　　　그 해님 웅숭깊은 눈으로."

170 **보이예트** 그런 묘사에는 응답하지 않으실 거다.

　　　　　자성雌性 깊은 눈 그렇게 불러야지.

　　시동 제 말 안 들으신다니, 전 나가떨어진다는, 밖으로.

　　베룬 너의 완벽함이 이거야? 꺼져 자식아.　　　　　　　[(시동 퇴장)]

　　로잘라인 이 낯선 분들은 누구?

175　　　　마음을 알아 오세요, 보이예트.

　　　　　저희와 같은 언어를 쓰시면, 어느

　　　　　솔직한 분이 의도를 설명해주시면 좋겠어요.

　　　　　저분들 무엇을 하시려는지 알아보시라는?

　　보이예트 공주님 일행과 무엇을 하시려는지요?

180 **베룬** 아무것도 그냥 평화, 그리고 정중한 방문.

　　로잘라인 저분들 무엇을 하시려는지, 말씀하시나요?

　　보이예트 아무것도 그냥 평화, 그리고 정중한 방문.

　　로잘라인 이미 그러셨으니, 돌아가시라 전하세요.

　　보이예트 그러셨으니, 돌아가시라고 하십니다.

185 **왕** 전해주시오, 수 마일을 밟고 왔다고,

　　　　　이 풀밭에서 함께 춤 스텝을 밟고 싶어서.

　　보이예트 수 마일을 밟고 왔다고 하였습니다,

　　　　　이 풀밭에서 함께 춤 스텝을 밟고 싶어서.

　　로잘라인 그건 아닌데요. 1마일은 몇 인치인지

190　　　　물어보시라는? 수 마일을 밟고 왔다면,

　　　　　1마일이 몇 스텝인지는 쉽게 말한다는.

보이예트 여기 오시려고, 수 마일을 밟고 오셨다니,

수 마일을. 공주님께서 물어보십니다,

몇 인치가 모여 1마일이 되는지요?

베룬 지친 스텝으로 계산한다 전해주세요.   195

보이예트 듣고 계십니다.

로잘라인   지친 스텝이 몇 개일까요,

여러분들이 오신 지친 수 마일이요,

[("마일"을 강조하며)] 1마일의 고생 과정 중에 세어보신?

베룬 여러분을 위해 쓴 건 아무것도 안 센다는,

저희는 직책이 아주 크고, 아주 무한해서,   200

그래서 언제든지 계산 없이 할 수 있단,

부디 그 얼굴의 햇살을 보여주시죠,

그래서 저희가 (야만인처럼) 숭배하도록.

로잘라인 제 얼굴은 달일 뿐, 구름으로도 덮였으니.

왕 구름은 축복받았다는, 그리할 수 있다니.   205

부디 밝은 달님, 이 그대의 위성들도,

(구름을 걷고) 이 눈물 맺힌 눈들을 비추오.

로잘라인 오, 헛된 청원, 더 거한 일을 물으세요,

지금 물 위에 달빛이 비치길 청하시네요.

왕 그러면 춤 스텝을, 부디 한 바퀴만이라도,   210

청하라고 하시니, 이 청이 난데없지 않고.

로잘라인 그러면 음악 연주를. 아니, 바로 하셔야죠.

춤이 아직. 그럼 달처럼 제가 변하죠.

왕 춤을 안 추세요? 어찌 그리 난데없이?

215 **로잘라인** 절 만월 때 보셨고, 이젠 모양이 변했으니.

왕 하지만 여전히 달이고, 전 달 속의 인간.

로잘라인 음악이 연주되네요, 맞춰 움직이셔야,
　　　　　귀는 알려주는데.

왕　　　　　　　　　다리가 그러셔야.

로잘라인 난데없는 분들이시고, 우연히 오셨어요,

220　　　친절할 순 없고, 손잡으시죠, 춤은 안 취요.

왕 그럼 손은 왜 잡는지?

로잘라인　　　　　　친구로 헤어지고자.
　　　　　인사들 해, 이렇게 춤 스텝이 끝이 납니다.

왕 이런 스텝 더 밟는 건 친절하지 않습니다.

로잘라인 그런 값에는 더욱 응할 수 없습니다.

225 **왕** 값을 정하시죠. 얼마면 친교를 사나요?

로잘라인 물러가시는 값이면.

왕　　　　　　　그건 절대 안 되고요.

로잘라인 그러면 거래되지 않겠는데요. 아듀,
　　　　　그 가면엔 두 배로, 여러분껜 그 반을 아듀.

왕 춤을 거절하시면, 얘기라도 더 나누자는.

로잘라인 개인적으로 그러면.

230 **왕**　　　　　　그거 가장 마음에 든다는.

베룬 손이 하얀 아가씨, 달콤한 말 한마디만.

공주 벌꿀과, 우유와, 설탕. 이렇게 세 마디란.

베룬 너무 잘하셔서, 전 3점 주사위 두 개로다,

꿀술, 보리술, 포도감주, 잘 나왔습니다.

달콤함이 반 타.

공주 아듀, 일곱 번째 달콤함은,   235

속임수를 쓸 줄 아시니, 그만하고 싶다는.

베룬 조용히 한마디만.

공주 달콤한 건 아니죠.

베룬 제 간장을 태우고 계세요.

공주 간장, 쓰다.

베룬 됐죠.

듀메인 부디 저와 말 한마디 주고받으시겠어요?

머라이어 하세요.

듀메인 아름다운 여인.

머라이어 아름다운 신사요,   240

아름다운 여인에 대한 교환이죠.

듀메인 혹시,

최대한 개인적으로, 그 후 작별을 할 테니.

캐서린 이런, 복면에 혀가 안 만들어졌나 봐요?

롱가빌 물어보시는 이유를 (아가씨) 알고 있죠.

캐서린 오, 이유라니, 어서 알고 싶어 죽겠는데요.   245

롱가빌 가면 속에 두 개의 혀를 갖고 계시죠,

제 말 없는 복면에 반을 주시겠다고요.

캐서린 네덜란드인-은 빌이라 하겠죠. 송아지죠?[122]

롱가빌 송아지죠 아름다운 여인.

캐서린   노, 송아지 신사죠.

롱가빌 단어를 나눠요?

250 **캐서린**   노, 당신의 반쪽은 싫어요.

다 하세요, 젖을 떼면 황소가 되겠죠.

롱가빌 그런 신랄한 놀림은 돌진을 부르죠,

뿔나게 하나요, 정숙한 아가씨? 하지 말죠.

캐서린 그럼 송아지로 죽는 게, 뿔이 돋기 전에요.

255 **롱가빌** 개인적으로 한마디만 저 죽기 전에.

캐서린 백정이 들어요, 그러니 우는 건 조용하게.

보이예트 아가씨들의 놀리는 혀가 보이지 않는

면도기의 칼날만큼이나 날카롭도다.

잘 보이지 않는 머리카락을 잘라낸다는,

260   예민하게 감지하는 감각 중 감각이로다,

그 화술, 그리고 그 기지는 날개 돋친 듯,

화살, 포탄, 바람, 생각, 그 무엇보다 빠른 듯.

로잘라인 얘들아, 이제 말 그만, 헤어져, 헤어져.

베룬 이런, 모두 완전한 우롱에 탈탈 털려.

265 **왕**   그럼 정신없는 아가씨들, 재치도 단순해.

([왕과 일행, 흑인-무어인들] 퇴장)

공주 아듀 이십 번을 꽁꽁 언 모스크바 분들께.

저들이 그 놀라운 재치 덩어리 무리라고?

---

122. "이런(well)"을 네덜란드어처럼 읽으면 "빌"이고, "veal"은 영어에서 "송아지"다.

보이예트 달콤한 입김에 꺼져버린 촛불들이라는.

로잘라인 뒤룩뒤룩 뚱뚱 뿌루퉁한 재치라고.

공주 오, 구차한 재치, 왕은 험담도 궁색했다는.   270

오늘 밤 (생각해봐) 다들 목매달지 않겠어?

이젠 가면 없인 얼굴들 못 보여주겠어.

그 뻔뻔한 베룬 경도 꽤 체면을 잃었어.

로잘라인 그분들 모두 다 비참한 상태여서,

왕께서도 적절한 말을 찾고자 우시려고.   275

공주 베룬 경은 격을 잃고 정말 욕을 했다는.

머라이어 듀메인 경은 절 따르겠다고, 그분 검도,

노 포잉[123]이라고 하니, 바로 조용해졌다는.

캐서린 롱가빌 경은 제가 그분 속을 점령했다며.

절 뭐라고 불렀는지 아세요?

공주   속쓰림이지.   280

캐서린 네, 진짜요.

공주   병이면 저리로 가라고 하며.

로잘라인 보통 모자 쓴 신분들 재치가 그보단 낮지.

근데, 왕께선 제게 사랑을 맹세하셨어요.

공주 재빠른 베룬 경은 내게 충성을 약속했다.

캐서린 롱가빌 경은 절 따르기 위해 태어났대요.   285

머라이어 듀메인 경은 나무엔 껍질이 있듯 제 거라.

보이예트 공주님과 어여쁜 아가씨들, 들어보세요.

---

123. 2막 1장 각주 참조.

그분들 다시 여기로 오실 것입니다요,
원래 모습으로요. 가만히 있진 못하겠죠,
290   이런 심한 수모를 삼키지 못하겠죠.

공주   돌아온다?

보이예트   그럼요, 그럼요, 신도 아십니다,
부상으로 절뚝거려도, 날뛰실 겁니다.
선물들을 원위치로, 그분들이 다시 오면,
이 여름 바람, 달콤한 장미로 피어나시면.

295 **공주**   피어나? 피어나? 이해할 수 있게 설명을.

보이예트   가면을 쓰고 있으면, 장미꽃 봉오리들.
벗으면, 다마스크 달콤한 혼합 색조가,[124]
구름을 덮는 천사, 개화한 장미꽃이라.

공주   그만 복잡하게, 우리 어떻게 해야 할까,
300   그분들이 원래 모습으로 와 구애한다?

로잘라인   공주님, 제 생각을 들어보시겠어요,
변장하고 왔을 때처럼 계속해서 놀리죠.
정체 모를 복장의 모스크바인 변장으로.
여기 바보들이 왔었다고 하소연하고,
305   정체가 궁금했는데, 무슨 목적으로
얄팍함을 드러내며, 서두를 써왔고.
그 엄청 우스꽝스러운 서툰 진행이,
왜 우리 막사에서 진행되어야 했는지.

---

124. 다마스크 장미는 여름에 흰색 또는 붉은색으로 피고 향기가 강하다.

보이예트 들어가시죠. 그 사나이들이 옵니다.

공주 암노루가 초원을 달리듯 휙 막사로 다. ([보이예트만 남기고 모두 퇴장) 310

왕과 나머지 등장.

왕 안녕하신지, 평안하시고. 공주께서는?

보이예트 막사로 가셨습니다. 폐하, 공주님께 무슨 용무가
　　　　있으시다면 부디 제게 말씀해주시지요.

왕 그러면 한마디만 들어주셨으면 한다고.

보이예트 네, 제가 알기론 전하, 그리하실 거라고.　　　(퇴장)　315

베룬 비둘기 콩 쪼듯 재치를 쪼는 사람이네요,
　　　먹은 뒤 적시 적소에 다시 뱉어내고요.
　　　재치를 파는 행상이랄까, 소매상이라는.
　　　축제와 주연, 연회, 시장, 장터에서 파는.
　　　잘 아시겠지만, 도매로 파는 우리는,　　　　　　320
　　　저렇게 펼쳐놓길 잘하는 솜씨가 없다는.
　　　아가씨들을 소매에 꿰차고 다니죠.
　　　아담이었다면 이브를 유혹했겠죠.
　　　구슬리기도 잘해, 혀짤배기소리도. 아니,
　　　매너라 하며, 제 손에 키스하는 사람이니.　　　325
　　　격식 흉내쟁이 원숭이, 깔끔떠는 신사고,
　　　게임판에서 놀 때도 점잖은 용어로
　　　주사위를 탓하니, 아니, 노래를 부르면
　　　아주 정확히 중간 파트를 잘 맞춰, 접대면,

<table>
<tr><td>330</td><td></td><td>접대, 아가씨들이 친절남이라 부른다는.</td></tr>
</table>

330 접대, 아가씨들이 친절남이라 부른다는.

밟고 가는 층계도 그 발에 입 맞춘다는.

누구에게나 미소 짓는 꽃이 이거죠.

고래 뼈 같은 흰 치아를 보여주잖아요.

빚 없이 죽기를 바라는 양심가들도요,

335 벌꿀 혀 가진 보이예트에겐 낼 게 있데요.

왕 혓바늘이 그 달콤한 혀에 났으면 하니,

아르마도 시동은 당황해 대사도 잊었지.

여자귀족들, [보이예트] 등장.

베룬 오고 있는데 보세요. 예절아 뭐였니 넌?

저 말도 안 되는 사람이 하는 것 봐, 지금 넌?

340 **왕** 공주님을 격하게 환영한다는, 이 좋은 때.

공주 격한데 좋다니, 제 생각엔 별로인데요.

왕 가능하면, 제 말을 더 잘 헤아려 주시는 게.

공주 그러면 제 말도 더욱, 그렇게 할게요.

왕 공주님을 뵈러, 이렇게 찾아온 목적은,

345 궁으로 모시기 위해서니, 부디 허락을.

공주 이 야외가 절 붙드니, 맹세를 붙드시라는.

신도 저도 위약자를 바라지 않음을.

왕 공주께서 초래하셨으니 제 탓은 마시고.

그 눈의 미덕에 맹세란 그저 깨질 뿐이니.

350 **공주** 미덕이라 이름 붙이시다니, 부정이고.

미덕은 절대 신의를 깨뜨리지 않으니.
바로 항변하지요, 더럽혀지지 않은
백합같이 순수한 처녀의 명예를 걸고.
전하 거처의 객으로 투항하진 않는다는,
제가 온갖 고문을 견뎌야 한다고 해도.   355
진실하게 맹세한 신성한 서약인데 제가
깨뜨리는 원인이 되는 건 정말 싫습니다.

왕   오, 여기서 적막하게 지내오셨지요,
        잊힌 채, 방문객도 없이, 제 큰 불찰이라는.

공주   그렇지 않아요, 절대로 그렇지 않아요.   360
        여기서 재밌는 게임과 놀이로 보냈다는,
        러시아 사람들 한 무리가 방금 떠났어요.

왕   네 공주님? 러시아 사람들이요?

공주   네, 전하.
        단정한 신사들로, 예의와 위엄이 넘쳤죠.

로잘라인 사실대로 말씀하셔야죠. 아니에요, 전하.   365
        공주님께서는 (최근 유행을 따라서요)
        예의상 당치도 않은 칭찬을 하고 계세요.
        네 사람이 정말 네 사람을 마주쳤어요,
        러시아 복장이었는데. 한 시간 있었어요.
        말을 빨리했어요. 그런데 그 시간 동안요   370
        기분 좋은 행복한 말은 하나도 안 했어요.
        감히 바보라고 부르진 않겠지만, 그런데,

바보도 목이 타면, 물은 마시려 하는데.

베룬 농담이 무미건조해요, 친절한 아가씨,

375 그 재치가 현명함조차도 어리석다 하니,

부릅뜬 눈으로 하늘의 이글대는 눈을

보는 것 같아. 빛에 빛을 잃고 마는 것을,

가진 능력이 그러니, 그 엄청난 보고에,

현명함도 어리석고, 풍족함도 부족하게.

380 **로잘라인** 당신이 현명하고 부족하다니. 제 눈에는.

베룬 저는 어리석고, 또 부족함투성이라는.

로잘라인 본인에게 속한 걸 가져가는 게 아니면요,

제 혀에서 나온 말을 뺏는 건 잘못이에요.

베룬 저와 제가 가진 전부 그대에게 속하죠.

로잘라인 어리석음도 전부요.

385 **베룬**   그 이하가 안 돼요.

로잘라인 쓰시고 있었던 가면은 어떤 것이었죠?

베룬 언제, 어디, 무슨 가면? 이런 질문은 왜?

로잘라인 그때, 거기, 그 가면, 이젠 필요 없는 가리개요,

별로인 얼굴 숨기고, 나은 얼굴 보여줬죠.

390 **왕** 탄로 났어, 이제 우릴 바로 놀리겠다는.

듀메인 실토하고 장난으로 돌려 버리자는.

공주 놀라셨나요, 전하? 왜 슬퍼 보이시는지?

로잘라인 이마 짚어 드리세요. 쓰러지시려. 창백히?

모스크바에서 오시느라 뱃멀미를.

베룬   이렇게 별들이 위약에 역병을 쏟아 낸다.   395

어떤 철면피가 더 버틸 수 있을까요?

여기 설 테니, 솜씨대로 화살을 쏘세요,

절 경멸해 상처 주고, 모욕해 무찌르고.

제 무지를 날카로운 재치로 꿰찌르고.

절 그 예리한 기지로 산산조각 내고.   400

춤추자고 다시는 바라지도 않겠고.

다시는 러시아 옷 입고 얼쩡대지도 않고.

절대로 미리 쓴 대사에 의존하지도 않고,

절대로 학교 다니는 아이의 혀에도.

다시는 가면을 쓰고 친구를 찾지도 않고,   405

절대로 눈먼 악사의 노래 같은 시 구애도.

태피터 같은 문구, 비단처럼 휘감는 어휘,

세 배 부풀린 과장법, 번지레한 말 꾸밈과.

현학적 수사법 등, 여름 쉬파리들은 이런,

허세 구더기들을 가득 남기고 갔습니다.   410

정말 다 내다 버리고, 여기서 외치는데,

이 흰 장갑에 걸고 (매우 흰 건 신이 아시고)

이제부터는 제 구애의 마음을 표현할 때

소박한 '네'와 정직하고 투박한 '아니요'로.

시작할게요, 신이시여 저를 도와주시고,   415

그대 향한 사랑은 무결해, 틈이나 흠은 노.[125]

---

125. 프랑스어 *sans*(… 없이). 소박하고 투박하게 말하겠다는 베룬이 외국어를 사용한다.

로잘라인 노, 노, 제발.

베룬   아직 제게 습성이 남아서

오래된 병세라는. 참아 주시죠, 제가 아파서.

조금씩 버릴 테니, 가만 보자, 저 세 분께,

420   "신이시여 자비를"이라고 써 붙이는 게,[126]

감염되었습니다, 심장에 병이 들어섰다는.

역병인데, 여러분들 눈에서 옮았다는,

역병이라, 여러분도 안전하진 않으셔서,

이분들 흔적을 지니고 계시는 게 보여서.

425 **공주** 아니죠, 이것들 주신 분들은 괜찮죠.

베룬 우린 박탈 상태니, 더 망치려 하진 마세요.

로잘라인 그럴 리가요, 어떻게 그게 진실이겠어요,

박탈 상태라뇨, 송사한 사람들인데요.

베룬 그만, 제가 당신과 해야 하는 건 아니니.

430 **로잘라인** 저도 안 해요, 제 의도대로 한다면요.

베룬 맘대로 말하세요, 제 재치는 바닥났어요.

왕 공주님 가르쳐주시죠, 무례한 죄를

아름답게 변명할.

공주   아주 아름답게 자백을.

조금 전 여기 오지 않으셨어요, 변장하고?

왕 공주님, 그랬습니다.

435 **공주**   온당한 정신이셨고?

---

126. 역병 환자의 집 문에 이 구절을 써 붙였다.

왕 그랬습니다, 아름다우신 공주님.

공주   그때요,

상대방 귀에 뭐라고 속삭이셨어요?

왕 세상 그 무엇보다도 존중한다고요.

공주 그녀가 그리하라 하면, 부인하시겠죠.

왕 명예를 걸고 아니요.

공주   그만, 그만하시는 게.   440

맹세는 한번 어기셨으니, 또 어기실 게.

왕 이번 맹세를 깨뜨리면 경멸하시죠.

공주 그럴게요, 그러니 맹세를 지켜주세요.

로잘라인, 러시아 분이 뭐라고 속삭였다?

로잘라인 공주님, 그분은 절 정말 소중히 대한다,   445

진귀한 시력[127]처럼, 이 세상 무엇보다

값지게 여기신다 맹세하셨어요. 게다가

결혼까지, 아니면 제 연인으로 눈감겠다.

공주 고귀하신 그분은 아주 훌륭하게 말씀을

지키시니. 신이 네게 그분과의 축복을.   450

왕 무슨 말인지 공주님. 목숨을 걸고 정말로,

이분에게 그런 맹세를 한 적이 없다고.

로잘라인 하늘에 맹세코 하셨어요, 분명히 하고자,

이걸 주셨잖아요. 도로 가져가세요, 전하.

왕 진짜 이건, 제가 공주님께 드린 거죠,   455

---

127. 4막 3장 327행 참조.

소매 이 보석으로 공주님 확인도 했고요.

공주 잠깐, 이 보석 로잘라인이 하고 있었어요,
또 베룬 경이 (감사해요) 제 구애자였어요.
자? 절 하시겠어요, 아니면 도로 진주를?

460 **베룬** 어느 것도 필요 없습니다. 둘 다 넘겨줌을.
전략을 알겠네요. 여기서 도모하신 거죠,
저희의 여흥 전략을 알아차리신 거예요,
성탄절 날 희극처럼 깨부숴 버리시려.
어떤 고자질쟁이, 아첨-꾼, 형편없는 광대

465 어떤 떠버리, 더부살이 기사, 뺨에 주름지며,
미소 짓고 다니는 자가, 전략을 알아채며
공주님께서 원하실 때, 웃게 해주려고,
저희 의도를 사전에 말한 거죠. 그리고,
서로 선물을 바꾸셨고, 저희는 그 뒤에요

470 한낱 상대방이라 여긴 징표에 고백한 거죠.
이제 저희의 위약에, 죄를 더 보태어,
저희 의지와 오류로 또 맹세를 어기어.
이상 이렇게 된 거라는. 경이 아니냐는
오락거리 선수 쳐, 우리를 거짓되게 하는?

475 공주님 발 치수까지 알고 있지 않으세요?
공주님 눈동자 움직임을 보고 웃으시죠?
그리고 공주님의 등과 화재 사이에 서서요,
더부살이 쟁반 들고, 신나게 농담하고요?

우리 시동을 보내버렸죠. 와, 검증됐네요.

언제 죽든, 여자 속옷이 당신의 수의요.   480

나를 째려본다, 그렇단 말이지. 눈이네

납으로 만든 칼[128] 정도 상처를 내는.

보이예트   신나게

이 용감한 질주가, 이 돌격이, 끝이 났습니다.

베룬   하, 바로 창을 겨누고. 그만, 난 관둡니다.

광대 등장.

어서 와 순수한 재치. 일전을 가르는.   485

광대   오, 저분들이 알고 싶다고 하는데요 나리,

세 명의 영웅이 와도 되는지 안 되는지?

베룬   뭐, 세 명밖에 안 돼?

광대   아니요, 나리, 억수로 좋은 게,

모두 각자 셋은 합니다.   490

베룬   셋의 세 배는 아홉이고.

광대   그렇지는 않죠, 나리, 고쳐보면 나리, 아니길 바라는데.

저희를 바보 취급 못 하시는 게 나리, 확신시켜드리는데

나리, 저희는 아는 건 압니다. 나리, 셋의 세 배는 나리.

베룬   아홉이지 않아.   495

광대   바로 잡자면 나리 그게 어디-까지 되는지 저희는 알죠.

---

128. 무대 소품용 칼을 납이나 나무로 만들었다.

베룬 주피터 신이시여, 전 항상 삼 삼은 구라고 해왔습니다.

광대 오, 이런 나리, 계산하며 살아오셔야만 했다니 유감이네요,
  나리.

500 **베룬** 그럼 얼만데?

광대 오, 나리, 저 사람들이요, 배우들이요, 나리, 보여줄
  겁니다. 그게 어디-까지 되는지. 제 역할을 말씀드리면,
  저는 (저 사람들이 말하길, 가난한 사람 속 완벽한
  사람이니) 대 페이포호박[129]입니다, 나리.

505 **베룬** 영웅 중의 한 명이야?

광대 저들은 기뻐했습니다, 제가 대 폼페이우스급이라는
  생각에. 제 역할을 말씀드리면 전 영웅들 레벨은
  조금도 모르는데, 여하튼 그 영웅으로 섭니다.

베룬 가서 준비하라고 해.

510 **광대** 멋있게 해낼 겁니다, 나리, 조심해서 하겠습니다.　　　　(퇴장)

왕 베룬, 우릴 창피하게 할 거다. 오지 말라고 해.

베룬 창피함엔 면역되었잖아요, 전하. 그리고 전략상 왕과
  그 일당보다 더 형편없는 쇼를 하나 보여주는 것도.

왕 오게 하지 말라고 말하였다.

515 **공주** 아니, 전하 지금은 제가 바꿔도 될까요.
  어떤지 가장 잘 아는 오락이 가장 재밌죠.
  열의에 차 만족시키려 애쓰면, 그 내용은

---

129. 원문은 영어 *Pompion*(페포호박, 주키니 호박 등 아메리카가 원산지인 박과 호박속
  식물)으로 *Pompey*(폼페이우스)와 착각한 듯하다.

보여주는 열의 속에 묻혀 죽어 버린다는.

탄생하려던 위대한 것들이 소실되면서요,

놀란 형식이, 형식을 대개 웃기게 만들죠.   520

베룬   우리 오락에 대한 옳은 묘사인데요, 전하.

허풍선이 [아르마도] 등장.

아르마도   성유 부음을 받으신, 전하의 감미로운 입김을 아주

많이 간청하오니, 말 한 묶음 뱉어주소서.

공주   이자도 하느님을 섬기나요?

베룬   왜 물으시죠?   525

공주   하느님이 창조하신 인간처럼 말하지는 않아서.

아르마도   모두 하나지만 저의 수려하고 감미롭고 달콤하신

군주시여, 외치오니, 학교장은 극도로 기이하고,

너무너무 허황된, 너무너무 허황된. 하지만 (말하길)

그런 건 포르투나 델라게라[130]에게 맡기고, 최고의   530

왕족 커플께 마음의 평화를 빕니다.   (퇴장)

왕   괜찮은 영웅들을 보여줄 것 같습니다. 방금 그 사람이

트로이의 헥토르를 보여주고, 아까 그 촌놈이 대 폼페이

우스, 보좌신부가 알렉산더 대왕, 아르마도의 시동이

헤라클레스, 현학자가 유다스 마카바이오스. 그리고   535

만약에 이 네 명의 영웅이 처음에 나와서 잘하면, 이

---

130. 원문은 *fortuna delaguar*인데, *fortuna de la guerra*(전쟁의 운)를 뜻하는 듯하다. 이
    장면은 아르마도가 왕에게 종이를 전달하고 퇴장하는 식으로 많이 연출된다.

네 명이 복장을 바꾸고, 다른 영웅 다섯을 더 보여준다고.

베룬 처음에 다섯인데요.

왕 잘못 알았네, 그렇지 않아.[131]

540 **베룬** 현학자, 허풍선이, 무식-신부, 광대, 어린애,

노붐 주사위 놀이[132] 장땡 말고는, 다시는,

그런 다섯은 못 뽑죠, 각자 정도를 보라는.

왕 배는 출항했으니, 여기로 이내 온다는.

폼페이우스[역의 광대] 등장.

광대 "나 폼페이우스는."

베룬   거짓말, 아니잖아.

광대 "나 폼페이우스는,"

545 **보이예트**   무릎에 표범 머리가.[133]

베룬 좋은데요, 조롱계의 노익장, 친구 합시다.

광대 "나 폼페이우스는, 거대하다고 불리는 자."

듀메인 위대.

광대 "위대죠, 나리, 위대하다고 불리는 자.

550 원형 방패로 전장에서 적의 땀을 내는 자,

해안 따라 걷다가 우연히 여기에 왔고,

---

131. 여러 연출이 가능하나, 왕이 수에 약하다는 특징을 보여주는 대사일 수도 있다.

132. 5, 9가 나오면 가장 좋은 주사위 놀이인 듯하다.

133. 폼페이우스 대왕의 문장(칼을 들고 있는 표범 혹은 사자)이 그려진 방패를 광대가
거꾸로 들고 있거나 광대가 등장하며 바닥에 쓰러진 것으로도 연출된다.

이 예쁜 프랑스 숙녀 다리 앞에 무기 놓고.

폼페이우스 고마워요 하시면, 전 다 했고."

여자귀족 위대하게 고마워요, 위대한 폼페이우스.

광대 그 정도는 아닙니다. 저도 완벽하면 좋겠네요. 위대한에서   555
약간 잘못했습니다.

베룬 반 페니에 모자를 걸고 내기하죠, 폼페이우스가 최고의
영웅일 거라는.

알렉산더 대왕 역의 보좌신부 [나싸니얼] 등장.

나싸니얼 "제 세상에서, 전 세상의 지휘관이었죠.
동, 서, 남, 북으로, 정복의 위력을 펼치죠.   560
제 문장이 분명 제가 알리산더라 말하죠."

보이예트 그 코가 아니랍니다, 아니죠. 너무 곧아요.[134]

베룬 엷은 냄새가 나는 기사에 코가 아니라죠.[135]

공주 정복자가 당황을. 알렉산더 대왕, 하세요.

나싸니얼 "제 세상에서, 전 세상의 지휘관이었죠."   565

보이예트 참 그렇군요, 맞아요. 알리산더였죠.

베룬 대 폼페이우스.

광대 나리의 충복 코스터드.

베룬 저 정복자를 데려가, 알리산더를 데려가.

광대 오, 나리, 정복자 알리산더를 타도하셨습니다. 이로써   570

---

134. 알렉산더 대왕의 목뼈가 한쪽으로 살짝 휘었다고도 한다.
135. 알렉산더 대왕에게서는 좋은 냄새가 난다고 전해지기도 하였다.

벽걸이 천에서 알리산더 당신은 지워질 거라는. 전투용
도끼를 들고 요강에 앉아있는 당신 사자는 아이아스에게
넘겨질 겁니다. 아이아스가 아홉 번째 영웅이 되는 겁니다.
정복자여, 말씀하시기가 무서우세요? 망신스러우면
575   달아나셔야죠, 알리산더. 즐겁지 않으십니까, 어리석고
순한 자, 정직한 자가, 보세요, 바로 패대기쳐지니. 아주
훌륭한 이웃이라던데, 매우 좋은 공 굴리기 선수고. 하지만
알리산더 역으로는, 아아, 보셨지만 조금 무리였다, 하지만
영웅들이 앞으로 더 등장해서 나름 다른 방식으로 각자
580   대사를 할 겁니다.   (보좌신부 퇴장)
공주   옆으로 비켜요, 폼페이우스.

유다스 역의 현학자, 헤라클레스 역의 시동 등장.

홀로퍼니즈 "위대한 헤라클레스는 요놈이 보여주죠,
곤봉으로 머리 셋 케르베로스[136]를 죽였죠,
그리고 잣난애, 아이, 꼬꼬마였을 때였죠,
585   자기 손으로 목을 졸라서 뱀을 죽였죠.
쿼니암[137], 그가 연소하게 보이는 고로,
에르고[138], 이렇게 사과의 말씀을 드리고.
퇴장할 때도 계속 위엄을 갖춰야, 사라져.   (시동 퇴장)

---

136. 그리스 신화에서 지하계 문을 지키는 머리가 셋 달린 개.
137. 라틴어 *Quoniam*(...므로).
138. 라틴어 *Ergo*(그러므로).

전 유다스."

듀메인 유다. ⁵⁹⁰

홀로퍼니즈 "이스가리옷[139]이 아닙니다.

전 유다스, 마카바이오스라고 불리는."

듀메인 유다스 마카바이오스가 잘리면, 짧게 유다지.

베룬 입 맞춘 배반자지. 왜 칭송할 유다스인지?

홀로퍼니즈 "전 유다스." ⁵⁹⁵

듀메인 더욱 딱한데요.

홀로퍼니즈 무슨 말씀이신지?

보이예트 유다가 목매달아 죽게 만드니.

홀로퍼니즈 먼저 하시죠, 저보다 나이테가 많으시니.

베룬 연결 좋은데요, 유다가 박태기나무에 목을 맸으니. ⁶⁰⁰

홀로퍼니즈 무안해하지는 않겠습니다.

베룬 얼굴이란 게 없으시니.

홀로퍼니즈 이건 무엇입니까?

보이예트 시턴[140]의 머리통.

듀메인 비녀의 머리. ⁶⁰⁵

베룬 추모 반지의 해골.

롱가빌 낡은 로마 동전 속 얼굴, 잘 안 보이는.

보이예트 시저의 칼자루 끄트머리.

---

139. 예수를 배반한 유다 이스가리옷. 예수에게 입 맞추면서 인사해 예수의 정체를 알
     리고 팔아넘긴다. 이후 뉘우치고 나무에 목을 매 자살했다고 한다.
140. 기타 계열의 옛 현악기. 사람 머리 모양 장식이 있어 기이하게 보일 때도 있었다.

듀메인 화약통에 조각된 두개골.

610 **베룬** 배지에 새겨진 성 조지의 옆얼굴.

듀메인 그래, 납으로 된 배지의.

베룬 그래, 발치-의사의 모자에 달린.[141]
자, 이제 진행을, 무안하지 않게 해드렸으니.

홀로퍼니즈 무안하게 하셨습니다.

615 **베룬** 거짓말, 얼굴을 여러 개 드렸는데.

홀로퍼니즈 그렇지만 전부 깎아내리셔서.

베룬 사자라 해도, 그렇게 했을 겁니다.

보이예트 그리해, 그는 당나귀니,[142] 물러가라 할까요.

유다 아듀. 아니, 왜 그대로 있는지?

620 **듀메인** 이름의 마지막 부분 때문에.

베룬 유다에다 당나귀 아스 ass 를. 붙여주죠. 유다스 가시란.

홀로퍼니즈 이건 관대하지도, 점잖지도, 겸손하지도 않습니다.

보이예트 유다스 선생님께 등불을, 어두워지고 있는데, 넘어
지실지도 몰라.

625 **공주** 이런 불쌍한 마카바이오스, 실컷 사냥당하고.

허풍선이 [아르마도] 등장.

베룬 머리를 숨겨라, 아킬레우스, 무장한 헥토르가 오고 있다.

듀메인 조롱을 하면 제게 되돌아올지 모르지만, 지금은 재미를

---

141. 모자의 배지는 직업을 나타냈는데, 낮은 신분의 배지는 납으로 만들어졌다.
142. 사자 가죽을 쓰고 사자 행세를 하다 울음소리로 정체를 들킨 당나귀 이솝 우화.

봐야겠습니다.

왕   이래서야 헥토르는 한낱 트로이인에 불과했도다.

보이예트   그런데 헥토르가 맞는지?   630

왕   헥토르가 저렇게 깔끔하게 다듬어지진 않았던 것 같다는.

롱가빌 헥토르라기엔 다리가 너무 굵습니다.

듀메인 종아리가 더 그렇다는.

보이예트   아니지요, 얇은 부분을 잘 타고난 거라고.

베룬   헥토르일 리 없습니다.   635

듀메인 신 아니면 화가죠. 얼굴을 만들어내니.

아르마도 "전능하신 창의 신, 무력의 마르스가,
         헥토르에게 주신 건."

듀메인 달걀물 너트맥.[143]

베룬   레몬.   640

롱가빌 정향으로 채운.[144]

듀메인 착 달라붙지는 않는.

아르마도 "그만. 전능하신 창의 신, 무력의 마르스가,
         헥토르에게 주신 건, 일리온의 후계자,
         수련을 잘한 자라, 아침부터 밤까지, 예,   645
         그의 막사 밖에서, 분명 싸움에 임한다."
       저는 그런 꽃이라는.

듀메인 그런 민트.[145]

---

143. 달걀물 글레이즈 너트맥은 당시 연인들 사이의 선물로 음료 맛을 내는 데 쓰였다.
144. 정향 레몬 역시 음료의 맛을 내는 데 쓰였다.

롱가빌 그런 콜럼바인.[146]

650 **아르마도** 롱가빌 경, 혀를 통솔해주시죠.

롱가빌 저는 통솔권을 제 혀에 줘야만 한다는. 그게 헥토르
쪽으로 돌진하고 있어서.

듀메인 그래, 헥토르가 그레이하운드지.[147]

아르마도 그 훌륭한 전쟁-용사는 죽고 썩었으니,

655 훌륭한 여러분들은 묻힌 자의 뼈를 때리지 않습니다.

그도 숨을 쉬었을 때는 남자였습니다.

여하튼 제 계획대로 진행할 테니, 공주 전하 제게 청각을

기울여 주시기를 바랍니다.   (베룬이 앞으로 나온다.)

공주 용맹한 헥토르 말하세요, 아주 즐겁다는.

660 **아르마도** "훌륭하신 전하의 신발에 경의를 표하니."

보이예트 공주님을 발로 경애한다.

듀메인 다른 걸로는 아니겠지.

아르마도 "이 헥토르는 한니발을 훨씬 능가한다는.

모두 가버렸습니다."

665 **광대** 헥토르 씨, 그 여자가 가버렸습니다. 애를 배고 두 달을
갔습니다.

아르마도 무슨 말인지?

광대 정말이지 착한 트로이 사람 역을 하지 않으시면, 그

---

145. 향이 강해 향료로 쓰인다. 영어 mint에는 '주조(하다)'라는 뜻도 있다.
146. 매발톱꽃(columbine).
147. 헥토르는 달리기가 빠른 것으로 유명했다.

불쌍한 계집은 내다 버려진 거죠. 임신해서, 애가 배
속에서 벌써 허풍을 떨고 있습니다. 아르마도 씨 아이죠.   670

아르마도 높으신 분들 앞에서 오명을 씌우다니. 죽음을 면치
못할 거다.

광대 그렇다면 헥토르는 자크네타를 임신시킨 죄로 매를 맞고,
폼페이우스를 죽인 죄로 교수형을 면치 못합니다.

듀메인 최고로 놀라운 폼페이우스.   675

보이예트 존경스러운 폼페이우스.

베룬 위대, 위대, 위대, 위대한 폼페이우스보다 더 위대한.
거대 폼페이우스.

듀메인 헥토르가 덜덜 떠는데.

베룬 폼페이우스가 분노해서 아테[148]를 더 아테를 더 자극해   680
계속 자극해.

듀메인 헥토르가 결투하자고 하겠지.

베룬 그럼, 벼룩 접대도 못 할 만큼 뱃속에 사나이 피가
없다면 또 모를까.

아르마도 북극에 두고 맹세하는데 나는 너와 결투하겠다.   685

광대 저는 북쪽 지방 사람처럼 막대기 가지고는 안 싸우고,
베어 버리죠, 저는 칼로 하죠, 제 무기를 다시 빌려
가도록 해주십시오.

듀메인 성난 영웅들을 위해 자리를 내주죠.

광대 셔츠 차림으로 하겠습니다.   690

---

148. 트로이 전쟁에 불을 지핀 그리스 신화의 불화의 여신(Ate).

듀메인 최고로 결의에 찬 폼페이우스.

시동 주인님, 제가 단추를 풀어 드릴게요. 보이지 않으세요,
폼페이우스가 싸움을 위해 옷을 벗고 있어요. 왜
그러세요? 명예가 손상되실 거예요.

695 **아르마도** 신사, 군인 여러분, 죄송하지만, 저는 셔츠 차림으로는
싸우지 않겠습니다.

듀메인 거절해서는 안 되는데, 폼페이우스가 도전해왔는데.

아르마도 훌륭하신 사나이분들, 전 그럴 수 있고 그리하려고요.

베룬 그건 무슨 이유로?

700 **아르마도** 벌거벗은 진실은, 제가 셔츠가 없습니다. 저는
고행하기 위해 바로 울을 걸칩니다.

시동 맞아요, 로마에서 셔츠를 금지당했어요, 리넨이 부족
하다고. 그리고 그 이후로는, 제가 맹세하는데 아무것도
안 입고, 자크네타 행주만, 사랑의 증표 삼아 가슴팍에
705   걸치고 다녀요.

전령 머슈 말커디 등장.

말커디 삼가 인사드립니다.

공주 잘 왔어요, 말커디, 우리의 여흥을 중단시키긴
했지만.

말커디 죄송하오나 제가 가져온 소식으로 혀가 무겁습니다.

710   부왕께서

공주 승하하셨군요, 이런.

말커디 그렇습니다. 이상 제 얘기는 끝났습니다.

베룬 영웅들은 물러가시고, 장면에 구름이 덮이기 시작합니다.

아르마도 제 역은 숨이 홀가분해졌습니다. 분별력이란 조그만
구멍을 통해 잘못된 나날을 봤으니, 이제는 저 자신을   715
군인답게 바로 세우려고요.   (영웅들 모두 퇴장)

왕 괜찮으십니까?

공주 보이예트 경 준비하세요, 오늘 밤 떠날 것입니다.

왕 그러지 마시고, 부디 머물러 주시지요.

공주 어서 준비하라. 여러분께는 감사하다는   720
여러모로 애써주시고 대접해주셔서.
이 새로운 슬픈 마음으로, 간청하니,
저희의 자유분방함으로 인한 무례는,
넉넉한 지혜로 용서 혹은 덮어주시길,
만일 저희가 지나치게 행동하였다면,   725
입김이 오고 감에 있어서요 (관대하심에
그 책임이). 그럼 이만 보배로우신 전하.
무거운 마음에 민첩한 혀가 못되네요.
거한 청원이, 그리 쉽게 받아들여졌는데,
감사가 너무 짧은 점 용서해 주세요.   730

왕 극한 상황이라는 시간이 극적으로,
속도를 내는 모든 이유를 만들지요.
오랜 과정이 중재하지 못했던 것도
종종 가장 마지막 순간에 결정이 된다는.

735   자식으로서 삼가 애도를 표하는 얼굴에

사랑에 답하는 미소는 금지되고,

사랑이 가져오는 신성한 청원 금지되나,

사랑 논의가 우선 진행되고 있었으니,

슬픔의 구름으로 그것이 뜻했던 바를

740   밀어내진 마시지요, 측근을 잃은 통곡은,

새로이 얻은 측근에 기뻐하는 것보다,

전반적으로 그렇게 유익하지 못합니다.

공주 이해가 안 되네요, 슬픔이 두 배가 된다는.

베룬 솔직담백한 말이, 슬픈 귀를 잘 뚫는다니,

745   이 말들로 전하를 이해해주십시오.

여러분의 아름다움에, 시간을 잊었고.

맹세도 반칙적으로 다뤘죠. 그 어여쁨에

저희도 매우 추해졌다는, 성격을 심지어

의도와는 반대되는 방향으로 모양 잡고.

750   저희가 우스꽝스럽게 보였던 건 말이죠.

사랑이란 비합리적인 충동으로 가득 차,

마구잡이 애같이, 어리석게 폴짝거렸고.

사랑이 눈으로 형성되니, 눈을 따랐고.

엉망인 모양, 차림새, 형태가 가득했죠.

755   눈길을 주는 대상들 모두가 말이죠,

눈이 움직이는 대로 내용이 달라지니.

여러분의 천상의 눈엔, 저희가 착용한,

엉성한 사랑의 알록달록한 모습이
저희 맹세와 엄숙함과 맞지 않았겠죠.
잘못을 바라보는 그 천상의 눈들이,   760
저희를 그렇게 만들어서, 여러분이
저희 사랑을 가지니, 그 사랑의 실수도
여러분 것입니다. 스스로 틀렸지만,
한 번 틀려서, 영원토록 진실하려고
저희를 그 둘 다로 만든 바로 여러분께.   765
저희의 잘못은 그 자체로는 죄이지만,
그렇게 스스로 정화해 선으로 변합니다.

공주 저희 모두 편지를 받았죠, 사랑이 가득한.
여러분의 선물도요, 사랑의 칙사인.
처녀들로서 논의한 결과 그런 것들은,   770
관습, 기분 좋은 농담, 예전이라 여겼고,
부푼 솜같이, 시간을 채우는 안감이라고.
그 이상의 진심으로는 여기지 않아,
저희로서는, 그래서 그 애정에 대하여,
똑같은 모양새로, 여흥으로 대했다는.   775

듀메인 편지는, 농담 이상의 것을 담았습니다.

롱가빌 저희 표정도요.

로잘라인 저희는 그렇게 간주하지 않았어요.

왕 그렇다고 하시면 이 마지막 순간에,
사랑을 모두 허락해 주십시오.   780

공주   시간이 너무 짧다고 생각되네요,

끝-없는-세계에 대한 협상을 하기엔.

아니, 아니요, 맹세를 많이 어기셔서,

중한 죄가 많아, 그러면 이렇게 하죠,

785   제 사랑을 얻고자 (그러실 이유는 없지만)

무엇이든 하시겠다면, 이렇게 하세요.

전하 맹세를 믿진 않으니, 그러니 어서

어느 외지고 헐벗은 은둔지로 가세요,

세상의 모든 쾌락과는 멀리 떨어진.

790   거기서 하늘의 12개 별자리가 일 년의

셈을 모두 채울 때까지 기거하세요.

그런 금욕적이고 비사교적인 삶에도,

들끓는 피에서 비롯된 구혼이 변함없고.

서리, 단식, 불편한 거처, 얇은 옷가지에도,

795   그 사랑의 화려한 개화가 꺾이지 않고.

사랑이 이 시련을 겪고도, 계속된다면,

한해가 모두 다 지나간 그때 오셔서,

그에 맞는 걸, 요청하세요, 요청하세요.

전하 손바닥에 입 맞추는 이 처녀 손바닥

800   걸고서, 전 전하의 것입니다. 그때까지는

비통하여 이 몸은 슬픔의 집 문을 걸고,

한탄의 눈물을 비 오듯 흘리겠습니다,

아버지의 죽음을 애도하기 위해서.

이를 거부하신다면, 맞댄 손을 떼죠,

서로의 마음에 아무런 권리가 없으니.   805

왕   그것을, 아니 그보다 더한 것도, 거부하고,

제가 편안해지는 데에 제힘을 쓴다면,

돌연한 죽음의 손이 제 눈을 감길 것이니.

은둔자 제 심장은, 그 가슴 속에 머뭅니다.

듀메인 제 사랑은 제게 뭘 원하시는지? 제게 뭘?   810

캐서린 아내로서요? 수염, 건강, 그리고 정직.

세 배의 사랑으로 이 세 개를 기원할게요.

듀메인 이리 말해도 되나요, 아내여 감사합니다?

캐서린 아직은 안 되죠. 열두 달 그리고 하루를요,

말쑥한 구혼자들 말 신경 안 쓰려고요.   815

전하께서 찾아오시는 날 함께 오세요.

그때 제 애정이 많다면, 좀 드릴게요.

듀메인 그때까지 그댈 섬기겠단 진정 충실하게.

캐서린 아니, 맹세는 말고, 또 저버리시지 않게.

롱가빌 머라이어 당신은 뭐라고?

머라이어   열두 달 후에.   820

상복 바꿔 입을게요, 충실한 연인을 위해.

롱가빌 인내로 기다리죠, 하지만 시간이 기니.

머라이어 어울려요, 그리 젊으며 긴[149] 사람은 없으니.

베룬   연구 중이세요, 그대는? 절 바라봐 주세요,

---

149. 롱가빌의 이름(long)이나 키를 뜻하는 것 같다.

825　　　제 마음의 창, 제 눈을 바라봐 주세요.

　　　　겸허히 격을 갖추고 답을 대기 중이니,

　　　　사랑을 얻을 수 있는 임무를 주세요.

로잘라인　종종 들었었죠, 당신에 대한 소문을.

　　　　뵙기도 전부터. 세상에 널리 알려진 바론

830　　　조롱으로 가득 찬 사람이라고 했는데,

　　　　비교하고 상처 주는 모욕으로 가득한.

　　　　베룬 경의 재치 안에 걸려들기만 하면,

　　　　신분 고하를 막론하고 해치워버린다고.

　　　　그 풍성한 뇌에서, 그런 쓴 풀은 뽑아내고,

835　　　그래서 절 얻으시려면, 그러시겠다면,

　　　　그렇지 않고서야 절 얻으실 수는 없지만.

　　　　열두 달의 기간 동안 매일 매일 말 못 하는,

　　　　병자들을 찾아, 신음하는 불쌍한 이들과,

　　　　계속 이야기하라는. 당신의 과제는,

840　　　그 재치를 있는 힘껏 격렬하게 발휘해서,

　　　　고통받는 무력한 이들을 웃게 하는 거죠.

베룬　죽음의 목구멍에서 폭소를 일으켜라?

　　　　그건 안 되는데요, 그건 불가능해요.

　　　　유쾌함이 괴로운 영혼을 일으키진 못해요.

845 **로잘라인**　그렇게 조롱하는 기질을 억누르는 거죠.

　　　　바보 같은 얘기에 얄팍하게 웃는 자들이,

　　　　대충 받아주니까 영향력이 생기는 거예요,

농담이 번영하는 건 귀 때문이죠,
그걸 듣는 사람의 귀요, 결코 혀는 아니란
그걸 만든 사람의 혀요. 병자들의 귀는   850
자신이 심하게 앓는 소리에 멀어 있는데,
그 하찮은 소리를 들어준다면, 계속하고,
저도 베룬 경을 받아들이죠, 그 결점까지.
병자들이 안 듣는다면, 그 기질 버리세요.
전 그 결점이 비워진 베룬 경을 만날 테니,   855
베룬 경의 회심에 완전히 기뻐하면서요.

베룬   열두 달이요? 뭐, 올 것이 오라 하죠,
병원에서 열두 달 농담하고 있을게요.

공주   그럼 훌륭하신 전하, 전 떠나겠습니다.

왕   아니, 가시는 길 배웅해 드리겠습니다.   860

베룬   우리 구애의 결말은 옛날 연극과 다르다.
남자인 잭은 여자인 질을 얻지 못한다.
저분들 호의면 이 오락은 희극이었다.

왕   자, 베룬 경, 열두 달과 하루가 필요하다,
그러면 끝이 나.

베룬   연극으론 너무 깁니다.   865

허풍선이 [아르마도] 등장.

아르마도   훌륭하신 전하 허락해 주십시오.

공주   저 사람 헥토르 아니었나?

듀메인 트로이의 보배로운 기사였습니다.

아르마도 전하의 손가락에 입 맞추고, 가겠습니다.

870　　　　저도 신봉자, 자크네타에게 맹세했죠

그녀의 사랑을 얻기 위해 삼 년간 쟁기 든 농부가 되기로.

그런데 최고로 위대하신 전하, 아까 그 학문 높은 두 사람이

엮은 대화가 있는데 들어보시겠습니까, 올빼미와 뻐꾸기를

찬양하는 내용인데? 아까 그 공연 마지막에 해야 했던

875　　　　것입니다.

왕 어서 나오라고 하죠, 들어보죠.

아르마도 *올라*[150], 입장.

모두 등장.

아르마도 이쪽은 *히엠스*, 즉 겨울입니다.

이쪽은 *베르*, 즉 봄. 한쪽이 올빼미고, 다른 한쪽이

880　　　　뻐꾸기라는.

베르, 시작하시죠.

노래.

[봄] 알록달록 데이지, 청제비꽃이,

노란빛의 미나리아재비꽃이.[151]

---

150. 스페인어 *Hola*(어이, 안녕하세요)인 듯하다.
151. 미나리아재비(cuckoobud)와 영어 발음이 비슷한 단어로 뻐꾸기(cuckoo), 오쟁이
진 남자(cuckold)가 있다. 뻐꾸기는 특히 다른 새 둥지에 알을 낳는 새이다.

온통 은백색의 냉이꽃이,[152]
흥겹게 들판을 채색하니.   885
나무마다 앉은 뻐꾸기가,
결혼한 남자 조롱하며, 노래한다,
뻐꾹.
뻐꾹, 뻐꾹. 무서운 어휘,
기혼자 귀엔 즐겁지 않지.   890

양치기가 귀리 피리로 연주하니,
즐거운 종달새 농부 시계 되니.
비둘기와 까마귀류 짝지으니,
처녀 여름 속옷 볕에 바래니.
나무마다 앉은 뻐꾸기가,   895
결혼한 남자 조롱하며, 노래한다,
뻐꾹.
뻐꾹, 뻐꾹. 무서운 어휘,
기혼자 귀엔 즐겁지 않지.

겨울 고드름이 담벼락에 매달리니,   900
양치기 딕이 손끝을 부니.
톰이 장작을 실내에 들이니,
양동이 우유가 얼어서 오니.

___

152. 냉이꽃(lady smock)은 여자 속옷(smock)과도 연결된다.

피가 얼어붙고, 길이 험하니,

905 지켜보는 올빼미 밤에 노래하니

부-엉 부-우엉.

즐거운 곡조,

기름 젖은 조앤이 솥을 식히니.

바람이 거세게 불어 대니,

910 기침이 신부님 설교 막으니.

새들이 눈 속에서 알을 품으니,

메리언의 코가 빨갛게 트니.

구운 야생 능금 그릇에서 지글대니,

지켜보는 올빼미 밤에 노래하니,

915 부-엉 부-우엉.

즐거운 곡조,

기름 젖은 조앤이 솥을 식히니.

머큐리[153]의 말도, 아폴로의 노래 뒤엔

냉혹합니다.

끝.

---

153. 로마 신화의 신으로 신들의 전령이다. 그리스 신화의 헤르메스에 해당하며, 망령
을 저승으로 인도한다. 독신남, 여행자, 도둑, 웅변, 화술의 신이기도 하다.

작품설명

1. 플롯, 인물, 주제

『사랑의 헛수고』의 줄거리는 다음과 같다. 나바르 왕과 세 명의 동료 베룬, 롱가빌, 듀메인은 학문에만 전념하며 3년간 금욕하겠다는 칙령에 서명한다. 하지만 정치적 협상을 위해 도착한 프랑스 공주와 그 일행 로잘라인, 머라이어, 캐서린에게 이내 반해 버린다. 각자 숨어서 가슴앓이하던 나바르 왕 일행은 우여곡절 끝에 사랑에 빠진 서로의 마음을 알게 된다. 이들은 금욕령에 대해 다시 논하고 여자야말로 사랑이란 진귀한 능력을 알려주는 학문의 터전이니 그것을 쟁취하자며 머리를 맞댄다. 그러나 변장으로 자신을 감춘 채 구애하자는 이들의 묘책을 공주의 신하 보이예트가 엿듣게 되고 공주 일행도 왕들 일행에게 장난으로 응수한다. 구애는 실패하고 창피만 남은 가운데, 좋은 분위기를 만들고자 왕명으로 미리 준비했던 아홉 영웅 공연은 그대로 진행된다. 지금까지 왕과 공주 일행 플롯 사이사이에 등장해 부플롯을 이어가던 허풍선이(아르마도), 시동, 광대(코스터드), 현학자, 무식한 신부, 멍청한 보안관이 총출동해

더욱 형편없는 쇼를 보여주고, 극 초반에 코스터드와 같이 있던 것이 발각되었던 하녀가 이제는 아르마도의 아이를 뱄다는 사실이 알려지며 무대는 더욱 난장판이 된다. 그리고 갑자기 등장한 전령은 프랑스 왕의 승하 소식을 알린다. 참으로 극적인 순간 역시 극적인 답을 달라는 왕 일행의 마지막까지 계속되는 구애에 공주 일행은 프랑스로 돌아가 죽음을 애도하고 있을 테니, 1년간 은둔하며 수련하고 성장해 충직한 모습으로 다시 찾아온다면 구애를 받아주겠다고 약속한다. 베룬이 구애의 결말은 유보되었음을 되뇌는 가운데 중단되었던 극중극의 마무리 노래를 들으며 이야기는 끝이 난다.

베룬의 마지막 되뇜처럼 이 극은 고난과 시련을 극복한 연인들이 짝을 맺는 전형적인 희극과는 다른 전개를 보여준다. 이는 왕과 그를 따르는 세 명의 남자귀족이 진지하다기엔 과하고 젊다기엔 미성숙한 인물들이기 때문이기도 하다. 학문과 정치, 사랑에 임하는 이들의 모습은 마치 스스로 정한 목표물을 얻고자 일단 진격하고 보는 한판 사냥 게임의 참가자들과 같다. 그래서 즐겁고 분주한 가운데 극의 사건들이 해결된다기보다는 유희 속에 머물다 프랑스 왕의 죽음으로 급격히 중단되며 연극도 끝나 버린다. 선물 공세, 장대한 연애편지, 변장과 고백, 여흥 무대 준비 등 사랑을 쟁취하고자 감행했던 모든 노력이 헛수고로 돌아갈 그때 공주와 세 명의 여성이 제안한 1년이 이들이 결실을 맺을 수 있는 여지가 되는 셈이다.

이러한 열린 결말 구조는 『사랑의 헛수고』 직후의 셰익스피어 작품을 바라보면 더욱 흥미롭다. 연대기 순으로 우리에게 전해지는 바로 다음 셰익스피어 작품이 『로미오와 줄리엣』인데, 로미오가 줄리엣을 만나기 전 사랑에 잠 못 이루던 여인이 로잘라인이다. 그리고 이어지는 희극이 『한여름 밤의 꿈』인데, 이 작품에서 우리는 '커플은 반드시 맺어지고, 잘못될 일은 없다'는 유명한 대사를 만나게 된다. 『사랑의 헛수고』는 다시 말해 사랑을 찰나의 맹세나 혈기가 아닌, 시간의 흐름 속에 노력과 수고로움, 거기다 요행까지 더해져야 하는 "끝-없는-세계"(5.2.782)라 하는 셰익스피어 세계관의 출발점이 된다. 사랑을 더욱 현실적으로 바라보게 하는 동시에, 또 찾아올 다음 계절을 기대하며 앞으로 나아가게 하는 해소의 공간도 제공한다.

『사랑의 헛수고』, © T. Charles Erickson (출처: 더 헌팅턴, 2012.1.23. https://flic.kr/p/bP6364, CC BY 2.0)

간단히 생각하면 이 드라마의 왕과 그 동지들은 피 끓는 청춘들이다. 강해 보이고 싶어 허세를 부리나 여자 앞에선 속수무책이고, 극 전체도 성적 이미지로 가득하다. 공주 일행 또한 조금 더 똑똑할 뿐 모이면 뭐가 그리 재밌는지 까르르 웃기 바쁘다. 학문에 정진하는 것이 최고라고 생각할 수 있는 인생의 한 시기에 처음 본 상대에 가슴 설레고 그것이 그 '위대한' 혹은 '진정한' 사랑인지 알아가는 과정이 이들의 삶인 것이다.

『사랑의 헛수고』의 극중극 장면, © T. Charles Erickson
(출처: 더 헌팅턴, 2012.1.23. https://flic.kr/p/bP63kD, CC BY 2.0)

극의 마지막 장에서 우리는 "위대한" 영웅에 대한 극중극을 보게 된다. 어떤 것의 "가치"가 무엇과 동등하며, 어떤 것들을 더하면 얼마의 "가치"가 되는지 슬쩍슬쩍 물어보던(1.2.36-42, 2.1.134-151, 2.1.167-169, 3.1.93-94, 3.1.126-136, 4.3.379-380, 5.1.103-104, 5.2.223-228, 5.2.506-508 등) 이야기가 "위대한" 가치를 지닌 인물들의 합으로 연결되는 것이다. 하지만 지나침은 웃음을 자아낸다는 공주의 연극 매체에 대한 통찰처럼(5.2.517-520), '위대함'은 한바탕 소극인 극중극으로 더없이 가벼워진다. 그리고 바로 같은 이유로, 혈기 넘치는 사랑 또한 "전지전능하고 무시무시한 힘"(3.1.184)이 아닌 한결 가벼운 빛으로 그려지게 되는 것이다.

『사랑의 헛수고』는 이렇듯 치기 어린 사랑을 경계하라 하나, 어떤 시기에 그럴 수 있는 사랑의 모습을 보여준다. 이는 나바르 왕이 당시 영국 사람들에게는 실제 동시대 인물로, 불운한 정략결혼으로 사랑을 끊임없이 외부로 갈구하던 차기 프랑스 왕이었다는 사실을 알고 나면, 더욱 현실감을 띠게 된다. 나바르 왕은 프랑스 국왕으로 인정받기 위해 가톨릭으로 개종해, 오랜 지지자였던 엘리자베스 1세에게 갑작스러운 배신감도 안긴다. 당시 영국 사람들에게는 곧 현실이었을 이러한 역사적 배경은 『사랑의 헛수고』에 담긴 사랑을 한낱 떠들썩한 말장난에 머물게 하지 않는다.

삶이, 사랑이, 그저 헛수고만으로 끝나기는 어려울 것이다. 한 줌 사랑의 빛으로 열광했던 젊은 에너지로 삶의 다음 무대에 들어선다면, "아폴로의 노래" 다음에 와 더욱 냉혹한 "머큐리의 말"도(5.2.918-919) 돌고 도는 긴 인생 여정 속의 한 과정으로 버틸 수 있을 것이다. 삶은 멀리서 보면 희극이라니, 유보된 사랑의 결실을 노래하는 이 드라마는 따라서 1598년 판 제목이 말해주듯 "즐겁게 고안된 희극"일 수 있다.

2. 번역과 무대

『사랑의 헛수고』는 셰익스피어라는 저자명이 타이틀 페이지에 처음으로 인쇄된 셰익스피어의 작품으로 전해진다. 본 번역은 이 의미 있는 1598년 사절판을 되도록 그대로 옮긴다는 목표 아래 진행되었다. 사실이 제1사절판은 이 작품의 중요한 해석 및 연출의 출발점이 될 수 있는데도 그동안 여러 가지 이유로 잘 번역되지 못했다. 『사랑의 헛수고』는 우선 셰익스피어 작품 중 각운의 비율이 가장 높은 작품이다. 각운은 시행의 끝에 규칙적으로 같거나 비슷한 소리가 나는 글자를 다는 일을 말한다. 『사랑의 헛수고』는 대사의 3분의 1 이상이 이러한 각운으로 맞추어져 있는데, 이상적인 로맨스와 격식 차리는 궁궐의 말을 이렇게 치열하게 시적으로 표현하다 보니, 그 언어적 형식미의 집요함이 자아내는 웃음을 번역을 통해서도 전달할 수 있어야 한다. 또한 제1사절판은 라틴어와 외국어, 영어가 뒤섞이며 신조어가 급격히 늘어나던 영국의 르네상스 시대를 반영한다. 라틴어를 엉터리로 구사하는 현학자, 말이 너저분한 허풍선이 스페인 기사, 글 좀 배운 시동, 틀린 철자로 말하는 광대의 대사를 번역하는 일은 결코 쉽지 않다. "재치 전쟁"(2.1.222)을 일삼는 남녀 커플들의 말도 마찬가지이다. 셰익스피어 시집이 집중적으로 나오던 시절의 작품인 만큼 여러 운문적 시도가 진행된 드라마이기도 하다.

4막 1장 프랑스 공주 일행, 1793 (출처: www.metmuseum.org)

『사랑의 헛수고』 5막 2장은 셰익스피어 작품 중 가장 긴 장이고, 4막 3장 후반부의 베룬의 대사는 셰익스피어 작품 중 가장 긴 대사에 속한다. 베룬의 이 긴 운문 대사를 통해 우리는 사랑의 중요성이 시적 형태를 거치며 더한 설득력을 가지게 되는 문학의 힘을 목격하게 된다. 20세기를 대표하는 문학 평론가 해럴드 블룸(Harold Bloom, 1930~2019)이 『사랑의 헛수고』를 셰익스피어의 첫 번째 업적으로 꼽은 이유도 이러한 형식과 의미의 유기성 속에서 찾아볼 수도 있을 것이다. 물론 이렇게 긴 장의 흐름과 시적 대사는 해석과 연출에 많은 도전이 필요하다. 하지만 이는 보다 자유로운 실험의 시작이 되기도 하니, 영국을 대표하는 로열 셰익스피어 극단(Royal Shakespeare Company, RSC)은 이를테면 2014년에 『사랑의 헛수고』와 『헛소동』, 이렇게 셰익스피어의 두 작품을 묶어, 보다 확실한 희극의 형태로 유보된 사랑의 결실을 노래하고자 했다. 『사랑의 헛수고』와 『사랑의 수고의 결실』 연작(*Love's Labour's Lost* and *Love's Labour's Won*)으로도 불리는 이 무대는 '볼 수 있었던 가장 유쾌하고 가장 공감되는 RSC 작품'이라는 평을 얻었다. 『사랑의 헛수고』는 전통적인 성 역할을 다시 생각하게 하는 여성 캐릭터와 오쟁이 진 남자라는 셰익스피어의 대표 주제 또한 충분히 다루고 있다. 낭만적인 열정은 물론 헛헛한 웃음마저도 기꺼이 접할 수 있는 『사랑의 헛수고』 무대로 한국에서도 더욱 많은 사람들이 셰익스피어를 경험했으면 한다.

셰익스피어 생애 및 작품 연보

셰익스피어의 생애와 작품의 집필연대 중 일부는 비교적 정확히 기록되어 있는 자료에 의존할 수 있지만, 대부분은 막연한 자료와 기록의 부족으로 그 시기를 추정할 수밖에 없으며, 특히 작품 연보의 경우 학자들에 따라 순서나 시기에 차이가 있음을 밝힌다.

1564	잉글랜드 중부 소읍 스트랫포드 어폰 에이번Stratford-upon-Avon 출생(4월 23일). 가죽 가공과 장갑 제조업 등 상공업에 종사하면서 마을 유지가 되어 1568년에는 읍장에 해당하는 직high bailiff을 지낸 경력이 있는 존 셰익스피어와, 인근 마을의 부농 출신으로 어느 정도 재산을 상속받은 메리 아든Mary Arden 사이에서 셋째로 출생. 유복한 가정의 아들로 유년시절을 보냄.
1571	마을의 문법학교Grammar School에 입학했을 것으로 추정.
1578	문법학교를 졸업했을 것으로 추정. 졸업 무렵 부친 존은 세금도 내지 못하고 집을 담보로 40파운드 빚을 냄.
1579	부친 존이 아내가 상속받은 소유지와 집을 팔 정도로 가세가 갑자기 어려워짐.
1582	18세에 부농 집안의 딸로 8년 연상인 26세의 앤 해서웨이 Anne Hathaway와 결혼(11월 27일 결혼 허가 기록).
1583	결혼 후 6개월 만에 맏딸 수잔나Susanna 탄생(5월 26일 세례 기록).
1585	아들 햄넷Hamnet과 딸 쥬디스Judith(이란성 쌍둥이) 탄생(2월 2일 세례 기록).

1585~1592	'행방불명 기간'lost years으로 알려진 8년간의 행방에 관한 자료가 거의 없음. 학교 선생, 변호사, 군인, 혹은 선원이 되었을 것으로 다양하게 추측. 대체로 쌍둥이 출생 이후 어떤 시점(1587년)에 식구들을 두고 런던으로 상경하여 극단에 참여, 지방과 런던에서 배우이자 극작가로서 경험을 쌓았을 것으로 추측.
1590~1594	1기(습작기): 주로 사극과 희극 집필.
1590~1591	초기 희극 『베로나의 두 신사』(*The Two Gentlemen of Verona*) 『말괄량이 길들이기』(*The Taming of the Shrew*)
1591	『헨리 6세 2부』(*Henry VI*, Part II)(공저 가능성) 『헨리 6세 3부』(*Henry VI*, Part III)(공저 가능성)
1592	『헨리 6세 1부』(*Henry VI*, Part I)(토머스 내쉬Thomas Nashe 와 공저 추정) 『타이터스 앤드러니커스』(*Titus Andronicus*)(조지 필George Peele과 공동 집필/개작 추정)
1592~1593	『리처드 3세』(*Richard III*)
1592~1594	봄까지 흑사병 때문에 런던의 극장들이 폐쇄됨.
1593	「비너스와 아도니스」(*Venus and Adonis*)(시집)
1594	「루크리스의 강간」(*The Rape of Lucrece*)(시집) 두 시집 모두 자신이 직접 인쇄 작업을 담당했던 것으로 추정되며, 사우샘프턴 백작The third Earl of Southampton에게 헌사하는 형식. 챔벌린 극단Lord Chamberlain's Men의 배우 및 극작가, 주주로 활동.
1593~1603 및 이후	『소네트』(*Sonnets*)

1594	『실수연발의 희극』(*The Comedy of Errors*)
1594~1595	『사랑의 헛수고』(*Love's Labour's Lost*)

1595~1600	2기(성장기): 낭만희극, 희극, 사극, 로마극 등 다양한 장르 집필.
1595~1596	『로미오와 줄리엣』(*Romeo and Juliet*)
	『리처드 2세』(*Richard II*)
	『한여름 밤의 꿈』(*A Midsummer Night's Dream*)
	『존 왕』(*King John*)
1596	아들 햄넷 사망(11세, 8월 11일 매장).
	부친의 가족 문장 사용 신청을 주도하여 허락됨(10월 20일).
1596~1597	『베니스의 상인』(*The Merchant of Venice*)
	『헨리 4세 1부』(*Henry IV, Part I*)
	스트랫포드에 뉴 플레이스 저택Great House of New Place 구입
	(마을에서 두 번째로 큰 저택으로 런던 생활 후 은퇴해서 죽
	을 때까지 그곳에 기거).
1598	벤 존슨Ben Jonson의 희곡 무대에 출연.
1598~1599	『헨리 4세 2부』(*Henry IV, Part II*)
	『헛소동』(*Much Ado About Nothing*)
	『헨리 5세』(*Henry V*)
1599	시어터 극장The Theatre에서 공연하던 셰익스피어의 극단이 땅
	주인의 임대계약 연장을 거부하자 '극장'을 분해하여 템즈강
	남쪽 뱅크사이드 구역으로 옮겨 글로브 극장The Globe을 짓고
	이곳에서 공연. 지분을 투자하여 극장 공동 경영자가 됨.
1599~1600	『줄리어스 시저』(*Julius Caesar*)
	『좋으실 대로』(*As You Like It*)

1601~1608	3기(원숙기): 주로 4대 비극작품이 집필, 공연된 인생의 절정기
1600~1601	『햄릿』(*Hamlet*)
	『윈저의 즐거운 아낙네들』(*The Merry Wives of Windsor*)
	『십이야』(*Twelfth Night*)
1601	「불사조와 거북」(*The Phoenix and the Turtle*)(시집)
	아버지 존 사망(9월 8일 장례).
1601~1602	『트로일러스와 크레시다』(*Troilus and Cressida*)
1603	엘리자베스 여왕 사망(3월 24일). 추밀원이 스코틀랜드의 제임스 6세를 잉글랜드의 제임스 1세로 선포. 제임스 1세 런던 도착(5월 7일) 후 셰익스피어 극단 명칭이 챔벌린 경의 극단에서 국왕의 후원을 받는 국왕 극단King's Men으로 격상되는 영예(5월 19일). 제임스 1세 즉위(7월 25일).
1603~1604	『자에는 자로』(*Measure for Measure*)
	『오셀로』(*Othello*)
1605	『끝이 좋으면 다 좋다』(*All's Well That Ends Well*)
	『아테네의 타이먼』(*Timon of Athens*)(토머스 미들턴Thomas Middleton과 공동작업)
1605~1606	『리어 왕』(*King Lear*)
1606	『맥베스』(*Macbeth*)
	『안토니와 클레오파트라』(*Antony and Cleopatra*)
1607	딸 수잔나, 성공적인 내과의사인 존 홀John Hall과 결혼(6월 5일).
1607~1608	『페리클레스』(*Pericles*)(조지 윌킨스George Wilkins와 공동작업)
	『코리올레이너스』(*Coriolanus*)

1608~1613	제4기: 일련의 희비극 집필.
1608	셰익스피어 극장이 실내 극장인 블랙프라이어스Blackfriars 극장을 동료배우들과 함께 합자하여 임대함(8월 9일).
	어머니 메리 사망(9월 9일 장례).
1609	셰익스피어 극장이 블랙프라이어스 극장 흡수, 글로브 극장과 함께 두 개의 극장 소유.
1609~1610	『심벨린』(*Cymbeline*)
1610~1611	『겨울 이야기』(*The Winter's Tale*)
	『태풍』(*The Tempest*)
1611	고향 스트랫포드로 돌아가 은퇴 추정.
1613	『헨리 8세』(*Henry VIII*)(존 플레처John Fletcher와 공동작업설)
	『헨리 8세』 공연 도중 글로브 극장 화재로 전소됨(6월 29일).
1613~1614	『두 사촌 귀족』(*The Two Noble Kinsmen*)(존 플레처와 공동작업)
1614~1616	말년: 주로 고향 스트랫포드의 뉴 플레이스 저택에서 행복하고 평온한 삶 영위.
1616	둘째 딸 쥬디스, 포도주 상인 토마스 퀴니Thomas Quiney와 결혼(2월 10일).
	쥬디스의 상속분을 퀴니가 장악하지 않도록 유언장 수정(3월 25일).
	스트랫포드에서 사망(4월 23일. 성 삼위일체 교회 내에 안장).
1623	『페리클레스』를 제외한 36편의 극작품들이 글로브 극장 시절 동료 배우 존 헤밍John Heminge과 헨리 콘델Henry Condell이 편집한 전집 초판인 제1이절판으로 출판됨.
	아내 앤 해서웨이 사망(8월 6일).

옮긴이 **지유리**

연세대학교와 영국 케임브리지대학교에서 영문학, 철학, 비교문학을 전공했다(학사, 석사, 박사). 한국예술종합학교에서 근무했으며, 한국외국어대학교 외국문학연구소 책임연구원으로 대학에서 셰익스피어, 드라마, 영문학, 문학에 관한 연구와 강의를 하고 있다. 『사랑의 헛수고』와 관련해 옮긴이의 다음 역서와 논문을 권한다: 『헛소동』(2014), 「Groups of Ten or More People (2020): 포스트 코로나 시대, 줌 연극, 셰익스피어」(2022), "Sites of Loss and Gain: Songs in *As You Like It* and Shakespeare's Comedy"(「상실과 획득의 현장: 『뜻대로 하세요』의 노래와 셰익스피어 희극」)(2012).

사랑의 헛수고

초판 발행일 2022년 11월 25일

옮긴이 지유리
발행인 이성모
발행처 도서출판 동인
주 소 서울시 종로구 혜화로3길 5 118호
등 록 제1-1599호
TEL   (02) 765-7145 / FAX (02) 765-7165
E-mail donginpub@naver.com
ISBN   978-89-5506-871-9
정 가 10,000원